來自遙遠明日的妳

上

From the Distant Tomorrow

Misa——著

「妳會懂得愛，妳會奮不顧身，拋下一切去愛。」
這是預言，或許，也是詛咒。

楔子

人類從來學不會教訓，以至於歷史不斷重演，已記不清是從何而起，國與國之間一再發生衝突，終於引爆了第三次世界大戰。

戰火綿延，迅速席捲地球上每一處角落，沒有哪個國家可以置身事外。當人類文明與武力發展至巔峰時，帶來的是更多的掠奪與破壞，大規模爆發的核戰爭使得地球面目全非，世界人口因戰亂直接減去一半，倖存的人們卻要面對核爆後的災害，在充滿核輻射威脅的環境中掙扎求生。

這一場人類有史以來最大的屠殺，導致許多國家永遠消失，地球千瘡百孔，人們才後知後覺地停手，由戰後僅存的十個國家，簽下永久和平協議。

然而人們的懊悔來得太晚太遲，地球再也承受不住多年的傷害，開始全面反撲，各地陸續傳出嚴重災情，海嘯、地震、火山爆發，曾經只出現在聖經故事裡的大洪水，在中國神話裡共工祝融之戰造成的天崩地裂，龐貝城活埋於火山灰下的悲劇……如今在現實世界一再上演。

接連經歷戰火和天災的摧殘，人類失去了家園、國籍、信仰，甚至是文明，世界末日眞正來臨，地殼版塊重組，七大陸成了三大陸，人類在殘破的陌生大地上流離失所，不再在乎時間的流逝，文明的毀壞使得西元紀年正式瓦解。

無人記載，無人傳承。

少數倖存的人類聚集在一起，不斷努力重建家園，一代一代的付出，終於又令大地恢復生機，爲了記取慘痛教訓，倖存者們發誓，永遠停止戰爭。

人類創立了新的紀年，取「永遠和平」之意，名爲永平曆。

約莫西元紀年結束後的五百年至一千年，永平紀元於斯起始。

永平元年，人類拋棄了國家的觀念，地球只剩下「人類」這個種族，跨越原來地區的限制，不同人種群聚生活在一起，逐漸發展出共同的語言。

當人類團結一致，齊心協力從事生態復原和科學研究，科技發展的速度迅速超越了西元第三次世界大戰前的文明水平。

如同新人類與舊人類的差異，永平人也與西元時期的人類不一樣了。而這個改變，是科技進化所帶來的。

爲了人類能永續生存，不重蹈過去的覆轍，人類必須無私、大愛，不受慾望驅使，也不再出現紛爭與對立。

於是永平人致力鑽研生物科技，終於成功自人類的遺傳基因中拿掉了傲慢、怠惰、色慾、嫉妒、暴食、憤怒及貪婪等負面情緒。此外，人類的情感也漸漸不再如過往豐沛，性格變得平和，人與人之間相處和睦，不會輕易做出不理智的行爲。時間證明，這是非常理想的生存方式。

永平兩千年，人類完美地控制地球人口數的成長，並學會與大自然的動植物和諧共存。

永平人不用再受生育之苦，只需要在成年後捐出精子和卵子，統一由位居第一大陸的中央政府進行體外受精，在培養皿中培育出具有最完美基因的胚胎，再送入仿造人類子宮的蛋形孵化機器，十個月後，新生命自機器中誕生，隨即被送往別名「教育大陸」的第二大陸。

沒有父母、沒有兄弟姊妹，亦沒有家庭的組成，永平人的出生、成長、教育皆由政府一手包辦。

從此不再因爲貧富不均造成資源分配不平等，不再有不稱職的父母對孩子造成傷害，不再發生優劣比較、排擠、霸凌等事件。

在第二大陸，未成年人能夠得到最完善的照顧和教育，直到年滿十八歲完成學業後，便能離開第二大陸，前往陸地版圖最大的第三大陸定居。

在第三大陸上，永平人自由而快樂地生活，可以選擇就業，由政府安排工作，或是過著逍遙的人生，每天玩樂。無論是隨心所欲地談一場戀愛，還是不切實際地尋找夢想，只要不影響到他人，都不會有人出面阻止，也沒有任何經濟壓力，所有的日常生活所需，皆由政府提供。

人因活著而美好，因自由而快樂。

這裡是，最完美的烏托邦。

第一章

「雖然距離西元時期已非常久遠，但現今的人類是基於西元時期的人種，逐漸進化發展而來。尋根在生物、歷史等各種學科上都是很重要的事。」黑髮綠眼的男性站在講臺上，透過巨型螢幕展示一張張西元時期世界人種的相片。

「雖說如此，但我們的基因經過改良優化，與西元人已經有很大的差異，就如同西元人和石器時代智人的差別，追尋落後的過去眞的有必要嗎？」一名紅眼睛的女孩舉手發問。「就拿我的紅色眼睛來說，西元人除非罹患某些特殊疾病，或者配戴名爲『隱形眼鏡』的外物，否則不會擁有紅色眼睛。可是在永平，紅色眼睛卻已經非常常見，而且與疾病無關。」

「是呀，倒是西元時期非常常見的黑髮黑眼，現在反而稀有呢。」擁有金黃色眼睛的男孩笑了，課堂上所有人都看向坐在角落，正認眞使用電腦做筆記的女孩。

她有一頭飄逸的黑色長髮，如濃墨般的眼珠既俏皮又靈活，在第二大陸，幾乎看不見髮色和眸色都是黑色的人，更特別的是，她在外貌上也很近似西元時期的亞洲人種。

經過多年基因優化和混血，現代人種的界線早已模糊，大部分的永平人都擁有白皙的肌膚、高䠷的身材以及深邃的五官，頭髮和眼珠的顏色多樣化。

茌苒卻不同，在一群高大的永平人中，她顯得格外嬌小，膚色是比旁人略深一些的象牙白，從各方面看來，茌苒都不是一個標準的「永平人」。

「老師，茌苒的長相是來自親代遺傳配對產生的偶然，還是生命機構刻意為之的結果？」莉芙提問，身為茌苒最好的朋友，莉芙對茌苒的與眾不同一直懷抱著好奇，然而他們都是由生命機構配育出生，對於精卵提供者一無所知。

「啊，我也聽說過生命機構每隔一段時間，就會試著培育出符合西元時期外型審美的人呢，傳聞前幾年畢業的羅貝斯，就是刻意挑選DNA訊息，使其擁有西元時期的亞洲人種樣貌。」紅眼女孩附和道。

「好了，各位，讓我們回到課堂上，不要再討論沒有依據的傳聞。西元的確有很多不足的地方，但也有值得學習且傳承之處，例如此刻，我們齊聚在教室講學的模式，便是延續過往而來。」古文明老師佛得拉回學生們的注意力，繼續透過圖片和文字紀錄，展現西元時代的面貌。

一堂課很快就到了尾聲，臨近下課時，佛得關閉投影，對臺下說：「如果有機會，你們會想要改變過去嗎？」

說完，他抬手在觸控螢幕上輕輕一點，瞬間出現一個立體球狀模型，同時每個學生的桌上也出現了該球狀模型的擴增實境投影。

莉芙眼睛一亮：「這該不會是……」

「沒錯，時光機器。」佛得點點頭。

永平兩千五百年左右，人類終於突破空間維度，發明了時光機器，但對大多數人而言，相關資訊尚屬中央政府列管機密，所知相當有限。

有一派科學家認為，時間結構無法輕易被挑戰，誰也不知道，倘若時間旅行者一個不小心改變了過去，是否會導致「現在」崩潰大亂？

也有一派科學家認為，時間旅行者回到的「過去」，其實是另一個平行的宇宙，因此時空旅行並不會對現行的世界造成影響。

至於事實如何，就不是茌苒這些普通學生所能接觸與了解的了。

「真的有人搭乘過時光機嗎？」茌苒著迷地盯著這外表平滑的球狀物體，時光機外層的材質十分特別，半透明，微微散發銀光，茌苒分辨不出那是何種金屬，隱約可以瞥見內部設有座位和操縱控台。

「當然有。」佛得神祕一笑，卻沒再多言，逕自關閉投影，眾人桌上的時光機模形也跟著消失，「下課。」

永平人一出生，便將統一被送來第二大陸，直到年滿十八歲為止。在此之前，未成年人受中央政府監護，六歲以下的幼童必須住在養育機構裡，由自願從事幼兒照護的成人看顧，滿六歲後，則轉往學校宿舍。

第二大陸上依小學、國中、高中三所學校分作三大區域，除了教學建築外，三所學校皆各自配置了完善的宿舍、商圈、綠地、醫院等建設，由於校區占地廣大，還規劃有公共交通系統相互串連。每所學校的規模都等同於一座巨大的城市，無形間將三所學校遠遠隔開，如無必要，不同學齡的孩子基本互不往來。

荏苒今年即將滿十八歲，再過不久，他們這屆學生就要畢業，並離開第二大陸，前往第三大陸繼續美好的人生。

「莉芙，要不要去吃冰？」荏苒問好友。

莉芙擁有一頭紅色波浪長髮，在陽光的照耀下閃爍著紅金色的光芒，美得如同黃昏之際燃燒的太陽，她金黃色的瞳眸也毫不遜色，光彩奪目，十分美麗。

「我想回寢室休息。」莉芙聳肩。

「不要啦，陪我去吃冰嘛。」荏苒撒嬌地說，同時按下桌上的白色按鈕，感應式的虛擬電腦立即收起，恢復光滑的桌面，她所做的課程筆記也同步傳送至房內的個人電腦中。

「怎麼還在花時間做筆記啊？」莉芙語帶無奈。

「我不只外表長得像西元時期的亞洲人種，連學習方式都與西元人相仿，我大概是進化失敗的瑕疵品吧。」荏苒嘆氣，與莉芙一同走出教室。

「幹麼這樣說。」莉芙笑出聲。

「的確如此呀，你們聽老師講過一遍就能記住，只有我像個笨蛋一樣，不但得做筆記，還要再三複習，西元時期的笨人類就是這樣。」荏苒想起佛得爲了讓他們更了解西元人的生活，曾經在課堂上播放過一部考古紀錄片，那是考古學家從西元遺跡挖掘得來的影像資料，眞實呈現出西元消亡前一百年，人類是怎麼生活的。

其中有一幕畫面是三十幾個學生擠在一間小小的教室裡，老師辛苦地以粉筆在現今已不復存在的黑板上寫下重點，再用板擦拭去，學生用紙筆抄寫筆記，要是來不及抄完，下課還得向同學借來抄；而學生也需要不斷複習背誦，才能將課本上的知識化爲己有。

當時荏苒班上的同學邊看邊笑，不敢相信西元時代的人類居然如此笨拙。在經過基因改良後，永平人個個聰明絕頂，能夠快速理解吸收課堂知識，很少需要花時間複習，更不用說抄寫筆記了。

荏苒卻不同，她就像那些需要一再閱讀背誦才能吸收的西元人一樣，必須努力學習才能跟上進度，與同儕相較之下，荏苒簡直是異類，她總感覺自己格格不入，雖然從來沒有人因此欺負或是嘲笑她。

「妳想太多了，妳知道大家多羨慕妳嗎？」莉芙聽聞荏苒的煩惱後，搖搖頭說。

「羨慕我什……」荏苒話沒說完，便被前方的突發狀況奪去了注意力。只見幾個學生以極快的速度朝宿舍區奔跑，其中一名短髮女生在下坡時腳步一拐，瞬間整個人重重地摔倒在地。

「跌倒了啊。」莉芙淡然地說，其他人也只是停下腳步遠遠看著，任由短髮女生神情痛苦地自行爬起。

「好痛！」短髮女生低喊出聲。由她胸前的黃色名牌可知，這是一名十六歲的高中新生。

「受傷了？那妳快跟醫務室聯絡吧。」與她同行的朋友們丟下這句話後，頭也不回地走了。

短髮女生也不以爲意，伸手在名牌上點擊幾下。

「這裡是醫務室，請說。」黃色名牌傳出聲音。

「報告，這邊是A區草原，我扭到腳，目前無法行走。」短髮女生痛得臉色發白。

「請具體描述一下傷勢。」

「腳踝紅腫，且劇烈疼痛，不排除有輕微骨折的可能。」即使非常不舒服，短髮女生依然理性地說明情況。

「傳送影像。」此時從黃色名牌投射出一個虛擬螢幕，由螢幕另一端的醫務室人員進行了初步判定，回覆道：「好，我們立刻過去。」

短髮女生靜靜地坐在原地等待醫務室人員前來，周圍行人來來去去，就算經過她身邊，也只是漠然地瞥了她一眼，無人多問一句。

「我們也走吧。」莉芙轉身便要離開，荏苒卻逕自朝短髮女生跑了過去，「……又來了。」莉芙無奈，只能跟上前。

「妳還好吧？」荏苒蹲在短髮女生身旁，擔憂地問。

「我沒事。」接收到旁人的關心，反倒令短髮女生有些不知所措，「妳是荏苒，對吧？」

「妳認識我？」荏苒驚訝，不忘從口袋掏出一個小方盒，從中取出一顆藥丸大小的圓狀物，輕輕一捏，圓狀物立即彈開成爲冰袋。

「校園裡只有妳是黑髮黑眼，妳很有名。」短髮女生說，同時荏苒將冰袋放在她腫脹的腳踝上，「而且，妳果然就像傳聞一樣。」

「傳聞？」大概不是什麼好事吧，荏苒心想，原來自己已經笨到出名了嗎？

「大家都說妳很溫柔，情感豐沛，待人和善，具有同理心。」短髮女生坦言。

「哪有啊，我人很笨，動作也慢。」荏苒感到不好意思。

「妳瞧，只有妳一個人過來關心我，還爲我冰敷。」短髮女生淡淡地說，而荏苒始終手持冰袋壓在她的腳踝上。

「這不過是件簡單的小事。」荏苒害羞地笑了。

「不，妳做的事一點都不簡單，謝謝妳。」短髮女生也笑了。

此時醫務室人員匆匆趕到，接手將短髮女生以擔架抬離。

「這就是我爲什麼會說大家都很羨慕妳。」莉芙站在荏苒的身側，看著她將冰袋收起，轉眼冰袋又變回一顆小圓狀物。永平時代的科技已經能夠做到，透過物體分子的分解和重組，將實體物品壓縮收納，以便於攜帶，但仍有材質和大小的限制。

「爲什麼？」荏苒起身，拉著莉芙的手往商店街走去。

「因爲妳擁有同理心，以及那些存在於西元時期的人類身上，卻被現在的我們所拋棄的豐沛情感。」莉芙說。

基因經過不斷地改造、演化至今，永平人普遍健康且長壽，但在強化生理層面的同時，永平人的情感越來越淡漠，理性永遠凌駕於感性之上，他們仍然關心彼此，但僅限於禮貌上的問候。即使撞見有人發生意外，倘若當事者意識猶存，永平人便會視而不見，由當事者自行處理。

永平人認爲，每個人都是獨立的個體，必須爲自己負責，一旦出事，他們也不期望有人伸出援手，所謂的關懷與陪伴更是多餘。

這樣的觀念，從小就根深蒂固於永平人心中，也因爲永平人從機器中出生，爲中央機構所養育，他們沒有「家庭」，沒有「父母」和「手足」的牽絆，他們始終認知自己是獨立的個體。

永平人透過歷史得知，在遙遠的過去，家庭是非常重要的，足以影響一個人的個性和價值觀。過去的人類在家庭中學到愛與扶持，學到陪伴與重視，相對的也有人從家庭學到痛苦與欺騙，學到背叛與遺棄，並且在長大後走入歧途，成爲社會的隱憂，當類似的隱憂日積月累至一定程度，也種下了人類毀滅的種子。

這顆種子早在第三次世界大戰之前便已悄悄發芽，科技的發展更放大了人類的劣根性，加快了世界崩壞的速度。曾經有古文明研究學者提出，當時即便沒有發生戰爭，在百年後，人類也會因爲道德淪喪而自我毀滅。

於是永平人藉由基因改良，剔除人類的負面情感，加上後天的成長與教育環境使然，到後來，人類不僅沒有了負面情感，對於情感的感受能力日益匱乏，連同理心都一併喪失了。

「與其任由情感氾濫，永平人更懂得顧全大局，更在乎人類的延續，自然就不會做出任何危及人類的行爲。」

荏苒還記得佛得在教授永平人的起源時，曾這麼說過。她也同意佛得的說法，從歷史教訓看來，就是因爲人們的情感太過「豐沛」，一旦控制不住貪婪、嫉妒、憤怒等情緒，便將導致許多悲劇的發生。

「荏苒妳和我們不同，剛才妳對待那位學妹的方式，每一個永平人都做得到，只是我們覺得沒有必要去做。」莉芙沒說出口的是，荏苒的眞誠付出，確實能讓對方感受到溫暖，但即便如此，她仍然不會這麼做，而她也不需要別人如此幫助自己，因爲沒有必要。

估計所有的永平人都有同樣的想法。

「我是不是太過軟弱了？」荏苒問。

「不是，妳只是溫柔，而溫柔沒有不好。」莉芙聳肩，「所以妳很有名啊，大家都說荏苒是西元聖母。」

哦，這聽起來不像是讚美，荏苒心想。

烈日當空，陽光卻不扎人，荏苒和莉芙走在林蔭之間，還能感受到微微的涼意。第二大陸有五分之三的面積被森林所覆蓋，地球經過長年的保育和復甦，空氣已恢復清淨，這都是人類長久以來的努力成果。破壞只要一瞬間，復原卻是條漫長的道路，人類付出慘痛的代價，才好不容易迎來全新的美麗世界。

晴朗的天氣爲冰店招來許多學生，清一色穿著白色的制服。雖然學校沒有硬性規定學生必須穿制服，但永平人偏愛剪裁簡單的素色服飾，而設計優美的制服通常會是他們的首選。

與西元不同，永平人不在乎個人差異，也不追求時尚，情感淡漠的同時，也削弱了性格裡的虛榮和自戀。

「草莓、葡萄、百香果……妳要哪種口味？」莉芙問荏苒。

「永遠只有這三種選擇，百香果吧。」荏苒皺眉嘟囔。

永平的簡單文化深入到每一個層面，連帶餐飲的選項也不多，卻少有人感到不滿。對永平人而言，食物只是提供維持生命的熱量來源，並不要求其美味與否，也不重視烹煮方式或食材的多樣性。

儘管第二大陸上開設有幾間冰店和甜點店，但商品種類貧乏，尤其是冰店，幾百年來，店內的冰品從來沒有推陳出新過。

莉芙端著一盤冰品走過來，簡單的碎清冰上淋了百香果果醬，荏苒早就吃膩了，其他人卻依舊能吃得津津有味。

「眞想嘗嘗看西元時代的餐點。」荏苒對曾經目睹的舊照片印象深刻，那些一度因爲文明毀滅而消失的珍貴資料，經由技術修復與翻新，得以重新面世，讓後人得以深度了解當時的文化。

「很多西元人無法克制口腹之慾，造成身材變形，甚至引發疾病，就結果而論，永平在飲食方面如此簡單清淡，反而對人類更好。」莉芙理性分析。

「是沒錯，可偶爾還是會有想要放縱的時候呀。」儘管荏苒不服氣，但她其實也無從想像西元時代的餐點能有多美味。

見荏苒皺眉，莉芙失笑：「老師們說過，第三大陸有一座仿造西元時期建成的主題樂園，聽說裡面的幾個遊樂區，是依據西元不同年代的特點所建置，供遊客體驗西元時期的生活。我們已經十八歲了，即將前往第三大陸生活，到時候可以去那裡玩，這樣妳有沒有高興一點？」

「希望第三大陸上的生活眞有老師們說的有趣，不像第二大陸那麼無聊。」荏苒沒勁地拿著湯匙攪動碎冰，她眞的厭倦了現下這平穩無趣的生活。

對，平凡穩定的生活沒什麼不好，能覺得生活無趣其實是一種奢侈的幸福，這些荏苒都懂，而歷史上的許多紛擾與戰亂，都是因爲不知足所引起。

可是，她就是覺得很無聊啊！

然而無論是莉芙還是班上同學，都不覺得現下日復一日的生活有什麼不好，這讓荏苒不好意思抱怨太多。

「莉芙、荏苒，妳們又來吃冰啦。」貝克一進到店裡就直接朝兩人走來，在荏苒旁邊的空位坐下。

「嘿，貝克，你不也來了嗎？」莉芙和他打招呼。

「是呀，就快畢業了，聽說第三大陸的冰品，口味比這邊豐富不少，爲免以後懷念如此單調的口味，趁現在多吃幾次。」擁有白髮藍眼的貝克痞痞笑著，露出一口潔白的牙齒。

貝克也不是個典型的永平人，相較其他人，他的性格過於熱情開朗了些，這讓他認識不少第二大陸的學生。

「你也覺得冰品口味很單調？」荏苒興奮地問。

「對呀，起碼加點那種黑黑亮亮的小圓球，或是紫色塊狀物，那些東西好像很有嚼勁，名字我記不起來了，之前老師上課有提過。」貝克搔搔頭。

「粉圓和芋圓。」荏苒用力點頭，她深有同感，如果冰品能像西元時期那樣有更多花樣就好了，「不過貝克，你居然會不記得學過什麼，你是記憶體不足嗎？」

「要去擴充一下嗎？」莉芙打趣道。

「那是因爲我最近在準備考公職，腦容量都用來存放更重要的知識，才會忘了一些相對不重要的小事啦。」貝克淡淡一笑，不以爲意。

「你要考公職？那不是很難嗎？」荏苒驚呼。

中央政府位於第一大陸，每年都會對外招考新職員，報考人數始終是開放職缺的好幾十倍，錄取率極低，考上的員工大都會一直工作到退休。而第一大陸也因爲是中央政府的所在地，又名爲「中央大陸」。

「我想近距離接觸麻且。」貝克聳聳肩

「原來你也是個麻且迷。」荏苒挑眉。

「全世界有誰不把麻旦視作偶像？是麻旦家族創立了永平盛世，能在麻旦家族底下做事，爲全人類努力，不覺得很棒嗎？」貝克語氣裡充滿對麻旦的憧憬。

麻旦並非單指一個人，而是一個家族的統稱。

傳說在西元消亡後的五百年至一千年間，面對殘破的地球，多數人已放棄重建文明，只求溫飽度日；唯有麻旦家族的祖先努力不懈，付出許多代價，終於再次將人類凝聚在一起，齊心協力讓地球盡量恢復原來的樣貌，最後建立了永平。

嚴格說起來，麻旦家族才是這個世界的最高領導者，但他們平時鮮少出現在公眾場合，只有在新年時，麻旦家族的成員才會透過媒體播放器向大眾拜年。儘管麻旦家族行事充滿神祕色彩，卻不影響人們對他們的崇敬。

只有麻旦家族的成員能定居在第一大陸上，同時他們也肩負運營生命機構的重責大任，人類胚胎的培育技術始終掌握在他們手中。至於其他任職於中央政府的職員，必須每天搭乘快速運輸艦往返第一和第三大陸之間，即便單程費時約一個小時，卻無人發出怨言。

「麻旦家族是很偉大，但除了每年派出一名成員向大眾拜年，幾乎沒人見過他們。」荏苒先是左顧右盼，隨後才壓低聲音說：「聽說麻旦家族是中央政府虛構出來的精神支柱，其實並不存在。」

莉芙和貝克同時大笑出聲。

「這個傳說流傳很久了，不過我不信。」貝克說。

「我也不信。」莉芙連眉毛都沒動一下，「那些在中央政府任職的人，一定見過麻旦家族的成員，只是簽訂了保密協議，所以不會對外說起。」

「爲什麼要簽保密協議？」荏苒問。

「舉凡牽扯上麻旦家族，就會被列爲機密。」貝克說。

「爲什麼要列爲機密？以前不同的國家之間相互爭鬥，才會有所謂的國家機密，但我們永平人全體一心，是要對誰保密？」

莉芙覷了她一眼，「外星人吧。」

「我的天啊！」荏苒翻了個白眼。

「總之，相信麻旦家族不會有錯。」貝克補充。

荏苒他們雖沒見過外星人，但中央政府早已證實外星人的存在，也曾與外星文明有過聯繫，只是多年以來，地球與外星文明始終秉持井水不犯河水的態度，並未進行交流。不論是地球，或是外星文明，都已是高度發展的生命體，不會輕易發起戰爭，西元時期的科學家憂心外星文明入侵，其實那都是杞人憂天。

荏苒知道自己很幸運能生在這個和平安穩的時代，只是現前的生活太過無趣，連想跟朋友談論八卦傳聞都聊不起來。

「唉……」荏苒嘆了一口氣。或許是因爲感情豐富，荏苒對於外在環境的感知能力比別人敏銳，也更容易受到影響。

莉芙見狀，遲疑了一下，僵硬地舉起手，打算摸摸荏苒的頭表示安慰，但轉念一想，又覺得這個舉動實在太不像永平人，便把手放下了。

「話說回來，你們不覺得奇怪嗎？」荏苒悶悶地說。

「哪裡奇怪？」莉芙吃掉最後一口冰。

「時光機。爲什麼佛得老師會在今天的課堂上提到時光機？和時光機相關的資訊應該只限於中央政府高層知情才是。」荏苒看著已融化爲水的冰，放下湯匙。

「時光機的問世不是祕密，有什麼好隱瞞的？」貝克不以爲然。

「是沒錯，但世人只知道時光機研發成功，卻不知道它長什麼樣子。爲什麼佛得手上會有時光機外觀的影像資料？還在課堂上展示？而且我在網路上沒找到任何訊息，代表相關資料仍未公開。」荏苒噘起嘴，「我的意思是，既然如此，爲什麼佛得可以這麼做？」

「可是佛得不是說有人搭乘過時光機了嗎？那麼時光機的外型也不是什麼天大的祕密了吧。」莉芙忽然想起。

「不過物理學界對於時間悖論至今還沒有解答，倘若眞有人回到過去，做出了一些改變，現在的一切還會存在嗎？」貝克困惑地歪了歪頭。

「別忘了平行宇宙學說能夠解答時間悖論，你回到的過去不一定是我們這個時空的過去。」莉芙提醒貝克。

「反正，不管怎樣，我覺得佛得這個舉動非常詭異。」荏苒呶嘴，「好像是在暗示，我們未來有一天將搭乘時光機。」

「妳想太多了。」莉芙被荏苒異想天開的言論逗笑了。

「不然要怎麼解釋佛得的舉動？實在太奇怪了。」荏苒依然滿心疑惑。

莉芙對荏苒的糾結毫不在意，轉而看向貝克，「你認爲呢？」

「我在想佛得說的那個搭乘過時光機的人是誰。」貝克摸著下巴忖度，「時光機是近年最受矚目的發明，要是時光機已然被成功啟用，中央政府沒有道理隱瞞這個消息，不過佛得也沒有理由騙我們，這到底是怎麼回事？」

「你被荏苒傳染了，難道你在懷疑麻旦家族和佛得嗎？」莉芙搖搖頭。

「當然不是，怎麼可能？我只是覺得有點奇怪罷了。」貝克強烈否認。

荏苒沉默不語，心中無法同意莉芙的論調，她忘不了佛得最後露出的那抹神祕笑容。

「反正時光機啟用與否，都不關我們的事。」莉芙逕自結束了這個話題，只要不影響現前的生活，她一點也不在乎時光機存在著什麼祕密。

★

隨著在第二大陸上生活的日子進入最後一週，荏苒很快將那番對於時光機的討論拋到腦後，只滿懷惆悵地想著，自己真的即將要告別這裡了。

屆時中央政府會派遣三十艘大型輪船，將年滿十八歲的學生全數載往第三大陸，途中他們將透過船艙窗戶，遠遠眺望那片支撐永平運行的中央大陸，也是所有永平人的誕生之地。除了極少數人，這也會是他們最後一次見到中央大陸，此後，他們將永遠定居於第三大陸，安穩地過完一生。

臨行前一晚，荏苒邀莉芙一同去校園裡走走，做最後的巡禮，否則明天離開後，或許終其一生也不會再踏上這塊土地。

「但是我好睏喔。」莉芙睡眼惺忪，對荏苒的邀約興致缺缺。

「可是以後就不會再回來了耶。」也只有荏苒會對離別產生不捨的情緒，其他同學都跟莉芙一樣，理智冷靜地看待這一切。

「那又如何？真捨不得，回來當老師不就好了。」莉芙毫不在意地說。

「這是我們待在學校的最後一晚，妳要浪費在睡眠上？」荏苒好言相勸。

「嗯，說實話，我不在乎。」莉芙堅定地回。

荏苒沒辦法，只能訕訕地離開莉芙的寢室。

在第二大陸上，學生寢室是一間間獨立套房，甚至還包含簡易廚房和小客廳，極為寬敞舒適。

等到了第三大陸，中央也會分配給每個人一間基礎住宅，並保障個人生活所需，想要更多的裝修，或是想要申請更換更大的空間，便必須按照每個人的收入和對中央的貢獻來決定。永平的名號，除了「永遠和平」外，也有「永遠公平」的意思。

「天氣這麼好，夜晚的校園這麼美，莉芙不出來走走真是太可惜了。」荏苒走到女子宿舍外的草地上，在滿月的照拂下，欣賞寶藍色的夜空。

為了減少資源耗損，校園裡的照明隱藏在地面上，當感應到行人經過才會點亮，柔和的燈光以照明為中心往外擴散，彷彿點點螢光。

「荏苒，妳怎麼一個人在這裡？」

男人的聲音從身後傳來，荏苒一愣，回頭望去，只見一個穿著黑色連身衣的男人，正瞇著綠色眼眸看她，男人的黑衣黑髮彷彿融進了深沉的夜色中

「老師！」荏苒驚呼，沒想到這麼晚了還會遇到佛得。

「這麼晚了還不睡？」佛得神情柔和。

「明天就要前往第三大陸了，我想把握機會在校園裡走走。」荏苒笑著說。

「妳是捨不得離開這裡嗎？這樣的情感可是西元人才有的呢。」不管是佛得還是

莉芙，都無法理解荏苒的心情。

「老師，西元人和永平人，真的差這麼多嗎？」一樣是人類，為什麼西元人那麼感性，而永平人那麼理性？

「從歷史資料來看，西元人和永平人在情感的感知與表達上的確差異甚大。」佛得客觀地做出評斷。

荏苒思索一下，決定問出口：「老師，我真的很不一樣嗎？」

「妳是指哪方面？」佛得微微歪頭，不是很清楚荏苒的意思。

「莉芙他們都說，我的情感太豐沛，很像是西元人。」她噘嘴，將之前照顧受傷新生的始末，約略說了一遍。

「妳覺得這樣不好嗎？」

「也沒有不好，只是我認為我的舉動很正常，卻沒有人認同。莉芙甚至說，她覺得我的行為會帶給人溫暖沒錯，但如果換作是她，她不會做出同樣的舉動，也不會期待別人這樣對她。」像是在宣洩內心的煩惱和疑惑，荏苒一股腦地向佛得傾訴，最後還不忘抱怨莉芙拒絕陪她夜遊校園。

「像西元人一樣內心充滿情感，是一種恩賜。」佛得安慰她，「的確，大家都說拔除了基因裡的七原罪，使得人類更加理性，不再有強烈的物慾和追求權勢的野心，能無私地以人類永續為目標；但同時人類也失去了感受和付出的能力，像是被束縛般地活著，毫無樂趣可言。」

荏苒眼睛發光，用力點頭：「我也這麼覺得！」單調的冰品選擇，只顧及人體所需營養成分的食物，沒有太多休閒娛樂場所，也沒有刺激的遊戲設施，舉凡會危害生命和安全的事物，在第二大陸上都不會有。去到第三大陸生活會好一些嗎？荏苒不知道，但這樣活著，雖然平穩幸福，卻很無聊。

佛得笑了，他沒有責備荏苒不知足或異想天開，反而告訴荏苒：「這就是妳的獨特之處。」

「那我這樣是好還是不好？」荏苒又問。

「沒有所謂的好或不好……說來有趣，在永平這個時代，我們已經不用『壞』這個字了，沒有犯罪，沒有邪惡，相對於『好』，我們只說『不好』，本質上仍是偏向『好』的一面。但是在西元時期，除了『好』與『壞』兩個極端，更多是夾在其中的灰色地帶，沒有全然的『好』或『壞』，也不一定要確切地做出定義。荏苒，妳也是，妳所擁有的情感，妳與眾不同的外表，對某些人來說是『好』的，對某些人來說是『不好』的，但一定有它的意義存在。」

荏苒低頭沉思，片刻後抬頭迎向佛得的目光，「老師，我還有一個疑問，你爲什麼要對我們透露時光機的資訊呢？還有，眞的有人搭乘過時光機嗎？如果有，這麼重大的新聞爲什麼中央沒有對外公布……」她話還沒說完，便在佛得意味不明的注視下打住了，「這些不能問嗎？」

「沒有不能問，至於其他……」佛得雙手握住荏苒的肩膀，力道不重，卻無法輕易掙脫，「妳很快就會明白。」

荏苒懵懂地點了點頭，佛得耳垂上閃耀的綠色晶體耳環，與他綠色的眼眸相互輝映，這一幕美麗的畫面深刻地留在她的心中。

★

翌日，已經成年的學生提著行李依序登上大型輪船，荏苒和莉芙走在一塊兒，所有教過他們的老師在港口邊站成一列，爲他們送行。每個老師都穿著同樣款式的衣服，臉上掛著同樣的微笑，對學生輕輕揮手。

「老師再見！」

「謝謝老師！」

「保重了，老師！」

學生們也揮手向老師道別，但因爲感傷而落淚的只有荏苒。

淚眼矇朧間，她突然發現，站成一列的老師都擁有綠色眼珠，並戴著綠晶耳環，猛然一看，彷彿一個模子刻畫出來的。

「我們的船在這！」莉芙拉著荏苒登上諾亞八號大船，再過五個小時，她們就要抵達第三大陸了。

「嘿！兩位。」貝克不疾不徐地走到兩人身後，「妳們知道，西元人移動到另一個大陸都是搭乘一種在天上飛的機器嗎？」

「不就是飛機嗎？我們當然知道。」莉芙聳肩，「你也搭這艘船？」

「B25，三樓，妳們呢？」貝克按下胸前的黃色名牌，顯示出寢室的位置。

「我不懂只有五個小時的航程，為什麼還要分配單獨的寢室，大家一起待在大廳不好嗎？」荏苒不解。此時身邊的同學多已陸陸續續前往各自的寢室，絲毫不珍惜所剩不多的相聚時光。

「當然不好，我才不想被打擾。所以現在我也要回寢室休息，先跟妳們說再見了。」貝克說完便朝樓梯走去，步上一個階梯後忽然停下，回過頭說：「是因為荏苒喜歡聚在一起，莉芙才會時常陪著荏苒行動吧，否則莉芙應該更喜歡一個人待著，我說得對嗎？」

莉芙沒有猶豫地點頭，這讓荏苒愣住了：「難道妳不想和我在一起嗎？妳是不是也想回寢室？」

「要是可以的話。」莉芙老實答道。

比起陪伴他人，永平人更喜歡獨處，他們並非全然排斥社交，也會因爲工作、學習上的需要群聚在同一個空間，但多數時候，他們會選擇把時間留給自己，即使面對戀人也不例外。

但是茌苒不同，就算沒有必要，她也喜歡有人陪伴，莉芙知道她是怎麼想的，才會在可以忍受的範圍內盡量依著她，校園裡時常能瞥見兩人形影不離的身影。

「茌苒眞的好奇怪。」貝克微微一笑，邁步走上樓梯，很快不見人影。

諾亞八號的船梯收起，準備駛離港口，大廳裡一片寂靜，幾乎所有人都回到了艙房。

「莉芙，一直以來妳都是勉強自己陪著我嗎？」茌苒覺得很難過。

「我確實想一個人待著，但如果妳需要，我可以陪妳……一個小時吧。」莉芙抿嘴，「別誤會，我和妳在一起很開心，我也很喜歡妳，只是我希望有更多自己的時間和空間。」

「我還想著，等到了第三大陸，我們要更常約出來，一起探索新環境……」

莉芙皺眉，雖然沒有拒絕，但茌苒已經看見她困擾的眼神。

「好吧，我知道了，是我勉強妳了，很抱歉。」茌苒賭氣地轉身，以爲莉芙會追上來說些什麼，但莉芙只是嘆了口氣，便拋下她離去。

茌苒忽然覺得好寂寞，眼淚不自覺落下，她很快抬手抹掉。

在前往艙房的途中，荏苒沒有遇到任何一個人，偌大的輪船明明乘載成千上萬名乘客，走廊卻空蕩蕩的，彷彿只有自己孤身待在船上。推門進到艙房裡，毫無意外，白色的單人床、白色的牆面、白色的桌子，舉目所見的陳設統統都是白色的，只有從圓窗看出去的大海是藍色的。荏苒感覺自己就像那片海，並不屬於這裡。

船行駛的速度驀地慢了下來，桌面顯現出立體文字投影：第一大陸位於左側。

荏苒立刻看向窗外，依稀可以見到一大片建築物遠遠隱身在海潮的霧氣之中。和第二、第三大陸比起來，第一大陸面積略小，峨然矗立的城牆沿著海岸邊圍成一圈，只露出高聳入雲的尖塔。

叩叩——

就在荏苒好奇向外張望時，敲門聲響起，荏苒心中一喜，難道是莉芙來找她了？她迫不及待地打開房門，卻見門外站著一位綠眼睛的女服務生，粉色的頭髮整齊地梳在腦後。

「荏苒小姐，請跟我來。」

「咦？怎麼回事？」荏苒錯愕。

「請保持安靜，別讓人發現。」女服務生叮嚀，「還請盡快跟上。」

女服務生往前邁步，發現荏苒沒有挪動步伐，便再次催促：「請快點，否則會來不及。」

「為什麼我要跟妳走？」荏苒看了眼長廊左右兩邊的艙房，房門都關得緊緊的。

「麻旦家族要見妳。」

「麻……」荏苒倒抽了一口氣，才剛要開口，就被女服務生飛快捂住嘴。

「請小聲些，以免讓人聽見了。」女服務生微笑，綠色的眼珠很是迷人。

荏苒點點頭，女服務生在確定她完全理解後才鬆開手。

「請跟我來。」女服務生挺直腰桿，朝走廊盡頭走去，荏苒趕緊跟上，走沒幾步又停下，猶豫著是不是該跟莉芙說一聲？

不，雖然不知道為何麻旦家族要見自己，但來人的一舉一動都顯示這是機密。最重要的是，莉芙或許根本不在乎。

荏苒不再遲疑，快步跟上女服務生，隨著她下了一層又一層樓梯，一路走向船艙底層。她有些緊張，沿途除了同樣擁有綠眼睛的輪船服務生外，她沒見著其他同學。最後來到底層的一間艙門外，女服務生打開艙門，荏苒以為會有麻旦家族的成員等在裡面，沒想到映入眼簾的卻是一艘小型潛水艇。

「麻旦家族會在第一大陸接見妳，潛水艇已經設定好自動行駛路線，請上去吧。」女服務生開啟潛水艇的玻璃罩，示意荏苒進入。

「等、等一下，我要去第一大陸？」

「是的，別讓麻旦家族久候。」女服務生語氣平淡，荏苒卻害怕了起來。

她只是一名普通的十八歲女孩，即將前往第三大陸，開始下一階段的人生，到底為什麼最神祕也最受世人景仰的麻旦家族會想見她？

「不要害怕。」一個熟悉的聲音從門外傳來。

「老師！」荏苒回頭見到佛得，頓時放下心來，卻也產生了新的疑問，「你怎麼會在這裡？」

佛得向女服務生點頭，並沒有回答荏苒的問題，「記得我說過妳很特別嗎？麻旦家族的成員會跟妳說明一切。」

「老師，我搞糊塗了，這到底是怎麼一回事？你能跟我一起去嗎？」荏苒用希冀的目光望著他。

佛得思索片刻便答應了，「也好。」

女服務生沒有阻止。有了佛得的陪伴，荏苒心裡踏實多了，兩人坐進潛水艇，玻璃罩自動闔上，艇身緩緩下降。

「目的地，第一大陸。」潛水艇內響起機械式的聲音，一陣高速噴射，艇身脫離了諾亞八號，沉浸在一片深深淺淺的海水之中。

「老師，我好緊張。」荏苒小聲說。

佛得語氣溫和：「為什麼會緊張？」

「不知道麻旦家族為什麼要見我……」

「一定會是好事的，不是嗎？」佛得說。

荏苒沒有佛得那麼肯定，腦中渾渾沌沌，一下子擔心與麻旦家族的會面，一下子又想如果莉芙發現她不在諾亞八號上，莉芙會想要找她嗎？

約莫過了五分鐘，潛水艇逐漸降速，進入一段漆黑的航程，只有儀表板迸發出微微的光亮，接著艇身上升，來到一處明亮的空間，玻璃罩倏地打開。

佛得帶著荏苒下了潛水艇，她緊張地左右觀望，卻發現四周空蕩蕩的，什麼都沒有，而佛得走到牆邊按下按鈕，原本平滑的牆壁立即朝兩側滑開，出現一座電梯，佛得示意荏苒跟著他一同走進電梯。

出了電梯，佛得點擊牆上的感應螢幕，螢幕上的鏡頭發出藍色的掃描光，確認過佛得的身分，另一道白色的門開啟。

「跟我過來吧。」佛得熟門熟路地帶著荏苒走過一條又一條通道。

「老師，你來過這裡？」荏苒東張西望，視線所及清一色全是白色的牆、白色的地板和白色的天花板，沒有其他顏色，也沒有多餘的裝飾。

「最初的時候來過。」佛得回道，在下一個路口右轉。

「最初？」荏苒又問，這時迎面走過來兩個人，吸引了荏苒的目光，讓她忘了繼續追問。這兩個人穿著黑色連身制服，一個綠髮，一個藍髮，眼珠都是綠色的。

雙方擦身而過時，佛得對他們頷首，荏苒忍不住回頭再次朝他們望去。通道十分寬敞，這兩人卻前後列隊行走，雙手擺動的幅度、邁出的步伐和行走的速度都相當一致，好似特別訓練過。

茌苒看了眼佛得，又看了看身後那兩人，覺得好像有哪裡怪怪的。

但她還來不及細想，佛得已經停在電梯前對她招手。

「庥旦家族的成員在樓上等妳。」佛得對茌苒說，「茌苒，妳要記住，妳是特別的。」

「好的……但是，老師，爲什麼要特別囑咐我這個？」茌苒不解。

「茌苒，永平的人不會愛了。」

「愛？」

「這是永平人的缺陷，而妳還懂得什麼是愛。」

「我聽不懂老師的意思。」

「妳會懂得的，妳會奮不顧身，拋下一切去愛。」佛得微微一笑，電梯門開啟，「快進去。」

「老師不跟我一起上去？」

「我只能陪妳走到這裡。」佛得輕輕將茌苒推進電梯，「庥旦家族的成員會向妳解釋一切。」

「老師，我……」茌苒話還沒說完，電梯門迅速關上，不到一秒的時間電梯門再次開啟，電梯外是一片聳立在藍天白雲下的高樓大廈。

茌苒一愣，眼前的景象是……西元時期的城市街景。

這是怎麼回事？

茌苒立刻跑出電梯，來往的人群都有著黑色的頭髮和黑色的眼睛，只有少部分人髮色不同，身在其中，茌苒再也不顯得與眾不同。街上人聲嘈雜，雖然聽不懂身邊的人在說什麼，但茌苒羨慕地看著這幅景象，色彩鮮豔的招牌、令人目不暇給的店家，許多人結伴而行，或是聊天，或是邊走邊吃，混亂中瀰漫著鮮活的生命力，是永平時代所沒有的熱鬧生活。

有個男人朝茌苒走來，卻彷彿沒看見她似的，直直地從茌苒的身體穿過去，茌苒呆住了，她伸手摸向身畔的女孩，發現自己的手竟能輕易地穿過女孩的身體，她頓時理解了，自己正置身於某個巨大的投影裡。

下一刻，眼前的一切卻倏地消失，茌苒注意到自己站在一間空曠的房間裡，牆壁、地板和天花板都是白色的，一位身穿藍色連身裙的女性出現在幾步之外，她一頭銀色長髮委地，也有一對綠色的眼珠。

「茌苒。」她嗓音柔和。

茌苒看見她身後有一個外表平滑的球狀機器，不久之前，她才在課堂上看過那個機器的擴增實境投影。

「我是荏苒……」荏苒的聲音不自覺地帶上顫抖。她認得這個女人，最近幾年都是她出面代表麻旦家族向群眾拜年，她是永平的最高領導者。「您是……麻旦家的……」

「我是文妲，很榮幸能和妳見面。」她露出美麗優雅的微笑，飄逸出塵，宛若落入凡間的天使。

「我才榮幸，沒想到……請問爲什麼會想見我呢？」荏苒緊張得話都說不好。

「剛才妳都看到了吧？」文妲手一揮，荏苒又再次置身喧鬧的街道中，只是那番景象一晃眼便迅速消逝。「妳知道那是哪裡嗎？」

「西元時期的城市街景……」

「是的，我需要妳的幫忙。應該說，這個世界需要妳。」文妲神情嚴肅。

「這是什麼意思？」荏苒感到困惑不安，目光落向文妲背後的球狀機器，腦中閃過一個可怕的猜測。

如果她沒看錯，那是時光機。

「我要妳搭乘時光機回到西元時期。」文妲說出的話證實了荏苒的猜想，她震驚得無以復加。

「我？搭乘時光機？」

「荏苒，聽我說，人類就快要滅亡了。」

「滅……亡？」

「妳一定也察覺到了，永平人的情感太過淡漠，但人類不該如此。科學家只是將比較負面的情感從永平人的基因移除，然而現在卻連愛、扶持、包容、陪伴等正面情感都逐漸消失了。」文妲手又一揮，面前出現了另一幅景像。

男人獨自在家中玩遊戲，而屋內的擺設與布置，令荏苒感到無比的熟悉——簡潔單調的白色牆壁、白色地板、白色桌椅、白色櫥櫃。

「永平人出生於生命機構，再交由養育機構撫養，不但解放了女性，也更能照顧與保護幼兒，讓所有人得以安全成長，但也因爲如此，永平漸漸沒有了『家庭』的觀念。當永平人成年轉往第三大陸生活後，隨著個人自由分配時間變多，永平人卻越來越不喜歡出門。我們告訴第二大陸的學生，第三大陸有更豐富多元的娛樂設施與商店，但事實卻是……」兩人面前的影像一變，換成第三大陸的街景，儘管兩旁開滿商店，街道上卻空無一人。

「無論是工作或購物，大都能待在家中完成，根本不需要外出與其他人進行互動。」文妲垂下眼睛，「再這樣下去，永平人終有一天會失去所有的情感，這樣的永平人還能稱得上是人類嗎？人類將在活著的情況下走向精神上的滅亡。」

荏苒第一個反應是不敢置信，然而她的心裡卻有一個聲音告訴她，這些都是眞的，諾亞八號上荏苒的同學們也是如此，只願意待在各自的艙房，不願與人交流，成爲了只會呼吸吃飯的生物。

「但是……他們不會戀愛嗎？沒有朋友嗎？」

「他們還是會戀愛，只是即便有了交往對象，也不會花太多時間跟對方相處，遑論住在一起，永平人更在乎自我，不會因爲戀愛而患得患失或相互遷就，也不會爲了彼此的未來努力。永平人漸漸變得無法與其他人或其他事物產生連結與羈絆，這是非常可怕的現象。」文姮朝荏苒走近一步，「要是我們再沒有任何作爲，人類必然會『消失』在人類的眼前。」

永平人的出生有科技參與控制，人類在物理上不會滅絕，但是在某種程度上，尤其是在心理上，永平人已經失去了人類的模樣。當所有人都只活在自己的世界，不與他人互動，也沒有了情感，那麼永平人還是人類嗎？

「儘管這樣的事在接下來的十年、二十年還不至於會發生，但或許在二十年之後就會出現最壞的情況。」文姮語重心長。

「您……要我做什麼？」荏苒顫聲問。

「我要妳回到西元，懷一個孩子回來。」

「孩子？」荏苒瞪大了眼睛，「爲什麼？」

「因爲我們需要西元人的DNA。」

「那……派人去採集不就行了？」

「我們確實這麼做過，但西元人的DNA太古老，無法直接針對西元人的基因進行改造，況且我們並不想要西元人那樣暴烈又無法掌控的情緒，所以最好的方式是綜合西元人與永平人的基因……當然，妳可能會說，把西元人的卵子或精子帶回來，交由生命機構進行受精，但此舉的失敗機率非常高，況且若是使用時光機的次數一多，可能會對歷史軌跡造成影響，我們沒有太多嘗試的機會。有時候最原始的方式，才是最好的。」

文姮這番話，荏苒不完全明白，但她能理解文姮要她做的事情。

「為什麼會選我？」

「妳的外型、妳所擁有的情感，比起大部分的永平人更接近西元人。」文姮說，「除了要妳帶著孩子回來，還希望妳去體會、學習人類該有的情感。」

「但這樣會不會產生時間悖論？要是我做錯了什麼，造成永平毀滅或是……」

「不用擔心，我們推算過了，憑妳一個人，再怎麼樣也不可能改變人類最終自相殘殺的未來，永平的出現是必然的結果。」文姮堅定地打斷荏苒的話。「妳還有其他問題嗎？」

「我該……找什麼樣的人，懷上一個可以改變我們的孩子？」

文姮轉過身，後方那個半透明的光滑球狀機器，從看似沒有接縫的頂端裂開一道縫，朝荏苒緩緩展開。

「對方必須擁有完美的基因。」說完，文姮嗓音驀地轉低，「最重要的是，妳得去愛一個人。」

而後面那句話，荏苒並沒有聽到。

第二章　很久很久以前的現在

五彩燈光交錯，電子音樂震耳欲聾，舞池裡的人群嬉笑吼叫，一個衣著暴露的女人搔首弄姿，將擦著紅色指甲油的手搭在張析宇的肩膀上。

紅唇嬌媚地往上一勾，拉長的眼線使得雙眼更顯媚惑，女人靠向張析宇耳邊，呢喃道：「要不要一起離開？」

張析宇聽得清楚，但這女人不是他的菜，加上自己今天的目標也不是她，只是莫名其妙就跟她待在舞池了。

他瞥了眼坐在包廂與其他人聊天的薛姍姍，她有著一頭染成亞麻色的長髮，皮膚白皙，身材凹凸有致。

除了張析宇，薛姍姍也是許多人企圖攻陷的目標，這使得張析宇有點不敢主動，畢竟他外型雖不差，卻也不算出色。

這時，原本宣稱不會過來的李聿融意外出現在包廂，包含薛姍姍等人都喜出望外，眉開眼笑地迎上前與他攀談。

李聿融是標準的大帥哥，濃眉大眼，笑容陽光，最重要的是他人很好，不會因爲外表吃香而占女生便宜，或者隨處釣魚，這也是他受到女生歡迎的原因之一。

「怎麼了？」眼前的女人拉起張析宇的手放往她的腰際，這讓張析宇整個人抖了一下。

「我不太舒服，好想吐。」他趕緊抬手摀住嘴巴，佯裝因酒醉而反胃，那女人立刻往後一跳，眼角餘光瞟向包廂裡的李聿融。

「啊，不然我先回去好了，你快去廁所。」女人說完，立刻頭也不回地走回包廂。

張析宇心情很是複雜，既覺得鬆一口氣，又覺得自己對每個人來說都只是第二選擇……或許連第二都稱不上吧。

包廂裡所有的女生都圍繞著李聿融打轉，回去也沒意思，索性去一趟廁所。

前往廁所的途中，張析宇瞥見許多男男女女躲在角落肢體交纏，或是親吻或是撫摸，他旁觀一切，一方面心生羨慕，一方面又認爲這樣的舉動似乎不太妥當。

他洗了把臉，仔細端詳鏡中的自己，身高雖不矮，但沒有李聿融高，身材不算胖，可惜缺乏肌肉，五官分開看都還可以，也都長在該長的位置，拼湊起來卻成了一張沒有記憶點的臉。

還是回去吧，他心想。

畢竟今天來夜店是爲了慶祝薛姍姍的生日，而薛姍姍最想要的生日禮物，大概就是李聿融的到來。

他傳了訊息給李聿融，說自己要先閃了，也不管李聿融已讀了沒，便把手機放回口袋，從洗手間推門而出。

「呀！」本來就因震耳欲聾的音樂而有些頭昏眼花的荏苒，被迎面而來的門板嚇得往後踉蹌幾步，跌坐在地上。

「對不起，妳還好嗎？」張析宇連忙扶起荏苒，只見她穿著頗爲怪異，白色連身窄裙搭配白色褲襪，腳上還蹬著一雙白色長靴，現在是夏天耶！她穿這樣不熱嗎？而且這種搭配很不尋常，難道等一下夜店有什麼活動，而她是表演人員？

「好痛……」荏苒在張析宇的攙扶下爬起，卻無法看清他的面容，甚至連對方說了些什麼都聽不清楚，「我快要聾了，這裡是哪裡啦！」

她摀住耳朵，痛苦地蹲了下來。

坐上時光機後，眼前所見盡是令人頭暈目眩的閃光，荏苒只得緊緊閉起雙眼，待她再次張開眼睛，卻發現自己居然倒臥在廁間裡。她跌跌撞撞地從廁所出來，就遇上了面前這個男人。

「妳、妳還好吧？」張析宇也跟著蹲下。看來這個女生不是什麼表演人員，大概只是喝醉了吧。

幾個進出廁所的男女都覷了他們好幾眼，有的還嘖了聲，要他們別擋路。

爲了避免別人誤會自己是在騷擾喝醉的女生，張析宇決定起身離開。

張析宇才邁開步伐，就有兩個男人走了過來，他們一見到蹲在地上的荏苒，便迅速交換過一記不懷好意的眼神，接著一人一邊架起荏苒往外走。

「呀！」荏苒再次發出驚呼，「你們是誰？不要碰我！走開！」

「妳喝醉了，我們帶妳去外面走走。」其中一個男人說。

張析宇雖然覺得還是別管閑事的好，但他本來就打算離開，於是默默地跟在三人身後步出夜店。

現在時間是凌晨一點，夜店門口停著一整排的計程車，等著接送酒醉的客人回家。有不少喝得不省人事的女孩，就這樣被「朋友」帶上計程車送回家，也不知道那些「朋友」是否眞的是女孩的朋友，更不知道他們是否眞的會送女孩回家。

張析宇注意到那兩個男人正架著荏苒往暗巷走去。

「放開我，你們是誰？」荏苒十分驚恐，但在這樣的燈紅酒綠之地，荏苒看起來就像一般喝醉的女生，沒人在意她的叫喊。

「妳喝醉了，我們要送妳回家，每次喝醉都這樣翻臉不認人，酒品很差耶。」男人口中的謊言信手拈來，反正沒人知道眞假。

眼看荏苒就要落入危險，張析宇想也沒想便大喊：「你們在做什麼？」

兩個男人立刻警覺地看向他，張析宇心慌意亂地嚥了嚥口水，他並不擅長打架，所幸隨機應變的能力還算不錯。

「不是要妳在廁所外面等我？」他故意裝出熟稔的語氣。

想起方才的確是在廁所外面遇到荏苒，兩個男人互看一眼，連忙堆起笑臉：「我們是看她喝醉了，才想著帶她上來透透氣。」

「這樣啊，我剛才也打算這麼做。」張析宇竭力維持鎮定，不讓他們察覺自己的緊張，緩步走上前去。

荏苒雙眼緊盯著張析宇，儘管不認識他，但她明白這個人在幫她解圍。

「好了，我們回包廂吧，大家都在等。」張析宇不忘帶出他們尚有其他朋友這一點，好讓兩個男人知難而退。

「呿，眞可惜。」兩個男人也不打算再裝了，悻悻然地返回夜店，找尋下一個獵物。

張析宇鬆了一口氣，回頭望去，只見荏苒正抬頭仰望天空。

和永平不同，這裡因爲光害嚴重，所以幾乎看不見星星，天空看起來像是黑色的，還有白色的雲朵和黃色的月亮鑲嵌其上。

環顧四周，街邊的各式建築物形形色色，和永平永遠方正如白色豆腐的制式建築截然不同，她仔細打量附近的行人，他們大都和她一樣有著黑色的頭髮與黑色的眼珠，而且每個人身上的衣服都不一樣，什麼顏色款式都有，有些甚至露出了大片肌膚，這在永平簡直難以想像。

「妳還好嗎？」張析宇站在荏苒身後，再次爲她怪異的裝扮感到驚訝，這一身白是幹麼？而且穿得這麼密不通風，她真的不熱嗎？

「現在是西元幾年？」荏苒轉過頭，注視著方才拯救她的張析宇。

直到此刻，就著路燈，張析宇才看清楚她的模樣，水汪汪的眼睛與長長的睫毛，即便脂粉未施，臉頰泛起的自然紅暈與唇色卻都美得像是經過濾鏡修飾。

他頓時喪失了說話的能力。

「我說現在是西元幾年？」注意到張析宇一臉呆滯，荏苒按了一下手腕上的手環，「難道語言不同嗎？但是剛才明明都聽得懂啊，而且文妲已經幫我調整成通用語言了……」

「妳、妳還好嗎？」張析宇吞吞吐吐道。

「啊，太好了，語言是通的！」她眉毛一揚，「現在是西元幾年？」

「二〇二〇年。妳是不是喝醉了？還是身體哪裡不舒服？」張析宇看著這個美麗卻又有點奇怪的女孩，「啊，對了，剛剛那些人有沒有對妳怎樣？」

「剛剛那些人要做什麼？」

「還能做什麼？」張析宇傻眼，「女生要懂得好好保護自己啊。」

荏苒快速回想課堂上所學過的人類犯罪歷史，猛地理解了剛才自己可能會遭遇到什麼事。

她不由得打量起眼前的張析宇，看起來沒有特別強壯，卻願意爲自己挺身而出。這在永平是絕對不可能發生的，除了永平不會出現犯罪行爲外，永平人也不會主動幫助別人，在永平人的觀念裡，每件事都該要自行處理好。

「謝謝你幫了我，你好勇敢。」所以荏苒誠摯地道謝。

「喔，不會啦，這又沒什麼。」被這樣鄭重其事地感謝，反倒是張析宇不好意思了。「那妳記得自己之前在哪個包廂嗎？」

「包廂？那是什麼？」荏苒疑惑地歪著頭。她自認對於西元時期的文化有一定程度的了解，畢竟在所有學科裡，她總是能在古文明課拿下最高分。

可是此刻，她卻不明白「包廂」是什麼。

見荏苒一臉茫然，張析宇便建議：「還是妳要不要打電話跟妳朋友說妳在外面，請他們過來找妳？不然這麼晚了，一個女孩子待在這裡很危險。」

「『危險』是指會危及生命嗎？」荏苒在課堂上學過這個詞語，她運用當時所學到的解釋去理解張析宇的話。

「不一定會到那種程度啦，就是……」張析宇指了指路邊那些不時看過來的年輕男人，以爲這樣荏苒就會理解，但她依然不明所以。張析宇忍不住說：「妳是哪裡來的仙女嗎？」

雖然她的外型是像仙女沒錯，但這句話裡的仙女其實帶有貶意。

「不是，我來自永平。」荏苒老實說，她沒有說謊的概念，況且文妲也沒囑咐她要隱瞞自己的來歷。

「永平？安平？永和？」張析宇面露茫然，「看樣子妳喝得很醉啊……」

「『醉』是什麼意思，你一直提到這個字。」

「唉，眞的醉得不輕。」張析宇搖頭。有些人醉後看似清醒，但講出來的話卻前言不對後語。

「這裡是哪裡？」荏苒又問。

「這裡是信義區……」張析宇皺眉，「妳要不要打電話跟妳朋友說妳在這裡？」

「電話？你是指那種可以通話的機器？」荏苒在課堂上學過，卻從未親眼見過，「我沒有那種東西。」

「那妳記得朋友的手機號碼嗎？我手機借妳打過去。」張析宇從口袋掏出手機遞給她。

荏苒眼睛一亮，興奮地將手機放在掌心中仔細端詳，臉上寫滿好奇，卻不知道如何使用。

張析宇替她叫出手機上的數字鍵盤頁面，「輸入妳朋友的手機號碼吧。」

「我沒有朋友。」至少在西元時期沒有，荏苒把手機還他，「信義區位於臺灣臺北，而臺灣是位在亞洲東部、太平洋西北側的島嶼，地處琉球群島與菲律賓群島之間……」

「等等，妳是地理老師？」張析宇打斷她。

「我不是地理老師，我的名字是荏苒。」她瞄向一個醉倒在路邊的女生，「爲什麼那個女生要在那裡睡覺？」

「她喝醉了。」張析宇一邊想著「荏苒」這是什麼怪名字，一邊解釋，「女生一個人醉倒在路邊，很容易被其他人揩油。我說的危險就是這個意思。」

揩油又是什麼意思？荏苒有些頭痛，怎麼西元的用詞這麼難啊？

「就類似那樣，妳看。」張析宇略微壓低聲音，指向不遠處，一個男人摟著一個意識不清的女人正要坐上一輛計程車。

每個永平人在年滿十八歲，即將離開第二大陸之前，生命機構將抽取其精子或卵子，藉此配育出新生命。永平人不再需要親自經歷生育的過程，但這不代表永平人不懂得男歡女愛，只是他們已經不再注重性慾的歡愉。

荏苒能猜到那兩人要去做什麼，淡淡地說：「他們就要去生孩子了，對吧？」

「噗——」要是張析宇嘴裡有水，一定噴得她全身都是，他乾笑道：「不、不是，也不能說不是，他們確實可能會去……但目的不是爲了生孩子，他們最不想的就是有了孩子吧。」

「那你願意跟我生孩子嗎？」

荏苒這句話差點讓張析宇下巴掉下來，他眼中充滿驚恐。

「啊，不行，我必須先確認一下……」荏苒沒注意到張析宇的反應，她低頭看向左手腕上的手環。在搭上時光機前，文妲把這個外型像是手錶的特製手環套在荏苒手上，並交代她絕對不能離身。

荏苒輕點了下光滑的黑色方形面板，鏡面浮出一根細細的銀針，倏地朝張析宇飛去，張析宇甚至感覺不到有東西刺入他的脖子，沾有血液的銀針已飛回方形面板，沒入其中。

很快地，面板上顯示出一串分析數據。

張析宇的基因完善程度僅有百分之八十二，這數據只能算是差強人意，他身體雖然健康，但生下帶有隱性疾病基因後代的機率爲百分之五。在永平人的標準裡，連百分之零點一的機率都不能有，何況是百分之五？

「你不是可以跟我生小孩的人。」荏苒失望地看著他。

「等一下，妳到底在說什麼？我有答應要跟妳生小孩嗎？」被莫名其妙打槍，張析宇頗爲不悅，要是剛剛那些話是男生對女生說的，那還不被扭送警局？

但荏苒根本沒在聽他說話。

即便再熱愛西元時期，荏苒更希望永平人能長久地永續生存，所以她要用最快的速度找到最優良的基因生下孩子，然後返回四千年後的未來，到時候文妲應該就會派時光機來接她回去。

荏苒再次輕觸方形面板，這次沒有銀針浮出，面板只是微微亮起，她舉起手環靠近唇邊，低聲說：「抵達西元二〇二〇年第一天，有意識時，我發現自己身處在一處吵鬧的密閉空間，遇見的第一個男人基因不夠優秀，同時也注意到西元二〇二〇年的用語和課堂上所學有些許差異。」

文姐要荏苒在來到西元後，必須透過手環將每天發生的事情記錄下來，多細微的小事都行，以便日後回到永平時進行資料分析。

儘管張析宇不懂荏苒在幹麼，卻也聽出她嫌棄自己基因不好，頓時覺得自己碰上了神經病。

「好心被雷親。」他決定不再理會這個奇怪的女孩，本想直接搭計程車離開，手機鈴聲卻在此刻響起。

「張析宇，我都還沒看見你，你就跑了？」電話那頭是李聿融，從嘈雜的背景音判斷，他應該還在夜店。

「我要先走了，學校見。」

「等等，我也想溜了，你如果還在附近，就等我一下。」

「你為何要……啊！」張析宇瞥見荏苒驀地往前方路口奔去，低呼了一聲。

「怎麼了？」李聿融走出包廂，不顧薛姍姍的再三挽留。

「沒什麼，那我在便利商店前等你。」張析宇掛掉電話後，已經看不見荏苒的身影了。

荏苒邊走邊打量街道兩側那些奇形怪狀的建築物，暗自嘖嘖稱奇。雖然已是凌晨，路上還是有不少年輕人，他們大都高聲談笑，興致高昂；少數則像是在生氣，相互對罵叫囂。

她注意到自己所在之處，應該就是所謂的都市商圈，一樓的店面櫥窗裡陳列有各式各樣的衣服飾品，牆上或玻璃上張貼著大型廣告海報，有些海報上的模特兒隸屬歐美人種，眼睛和頭髮的顏色都與亞洲人有顯著的不同。

荏苒眼睛發亮，這就是她一直想著要親眼見識的西元時期。

大家都說西元很落後，是被淘汰的舊時代，可就目前看來，相較於枯燥嚴謹的永平，西元人的性格與街景看起來要豐富活潑許多。

「這裡眞是太棒了！」她轉了一圈，接著立刻打了個噴嚏，「不過空氣有待加強。」

西元的空氣不但很髒，濕度還很高，荏苒感到悶熱，一滴汗水從她的額際落下。

她差點忘了西元時期存在季節變化，不像永平，氣溫永遠維持舒適的二十二度，空氣裡的含氧量也很高。

荏苒低頭審視自己，她穿得太多了，但現在這種時間要去哪裡買衣服？等等……她忽然想到一個現實的問題——她身上沒有任何能在西元時期使用的貨幣，該如何購買生活所需物資？還有，她要住哪裡？

荏苒焦急地在手環上的方形面板東按西按，希望能與文姮聯繫，卻發現手環除了基因檢測外，似乎只提供錄音功能。

她不由得慌了，那麼接下來她要去哪裡？她能去哪裡？

「文姮什麼都沒給我，也沒告訴我能去哪裡，我身無分文，也沒地方住，是要如何生小孩？您指派任務下來的時候，怎麼沒安排好我在西元所需的一切？這下子我該怎麼辦？我現在站在信義區的路邊，我……」荏苒心慌意亂地對著手環喃喃自語。

就在此時，荏苒無意間瞥見張析宇站在馬路對面，他正與另一個男人交談，而他鬼使神差地扭頭對上了荏苒的視線，他先是略微睜大眼睛，接著卻裝作視而不見，又把頭轉了回去。

荏苒像是看到救星一樣，連忙穿越馬路朝他奔去。

「妳怎麼還在這裡？」張析宇看著滿頭大汗的荏苒，一時愣住了。

「我、我沒地方可以去！」

李聿融叫的車停在街邊，他望著一身白衣白靴的荏苒，挑了挑眉。

「你朋友？」李聿融打開車門，隨口說：「要一起去吃宵夜嗎？」

「我不認識她……」張析宇在注意到荏苒臉上明顯的驚恐後嘆了口氣，改口對荏苒說：「還是我們送妳回家？」

「我沒有家，我不知道自己能去哪裡！」荏苒焦急地抓住張析宇的手臂，整個人幾乎貼在他身上，「能不能讓我去你那？」

「妳這……妳不是說妳住在永和嗎？」張析宇爲荏苒突如其來的肢體貼近感到不自在。

「所以你提早走是這個原因？早說我就不當跟屁蟲了啊！」李聿融神情曖昧。

「不是啦，我眞的不認識她！」張析宇將遇見荏苒的經過大致說了一遍。

李聿融在腦中快速思考，這女孩神智清醒，眼神清澈，看起來不像是會設局仙人跳的類型，也許眞是碰上了什麼難以對外人言述的困難，像是離家出走，或是企圖逃離同居的男友，於是他便說：「好啦，既然這樣，我們先一起去吃宵夜如何？」

「這種時候還只想到宵夜。」張析宇沒輒，只得同意，而荏苒在明白他們沒打算丟下自己後，才鬆開了張析宇的手臂。

三人坐上計程車後座，前往東區有名的清粥小菜街。荏苒的心思全在往後該何去何從，無心欣賞窗外景致。在永平，即便身無分文，中央政府也會提供人民足夠維持生活的金錢，以及一套基礎住宅，衣食無虞，那是個由政府擔起養育人民責任的完美烏托邦。

可是西元不一樣，沒有金錢就等同於沒有活下去的可能，而金錢必須得由個人自行賺取。還有，古文明學家說西元落後不是沒有原因的，這裡確實存在著大大小小的犯罪行爲。

一路上荏苒控制不住雙手的顫抖，她忽然覺得自己貿然接下這份任務，未免太不經過思考了，她甚至沒想過自己生下小孩後會怎樣。

莉芙發現自己不見了嗎？她和其他同學已經抵達第三大陸了嗎？會有人跟莉芙解釋她去了哪裡嗎？莉芙會在乎嗎？

荏苒握緊雙拳，初次體會到惶恐不安的心情。

「妳還好吧？」張析宇很快察覺荏苒的異狀。

「欸，她會不會是在躲恐怖情人啊？」李聿融的想像力十分豐富。

「別亂講。」坐在中間的張析宇將手輕輕搭在荏苒的肩膀上。

荏苒嚇了一跳，同時感受到張析宇掌心的溫暖。

「妳還好嗎？」張析宇又問了一次。

從他一見到自己開始，就不斷問自己有沒有怎樣，他對她所付出的關心，是她在永平從未得到過的。在永平，只有她會對別人付出關心。

荏苒忽然感到心安。

佛得說過，在西元時期，有很多事情都有灰色地帶，沒有絕對的是非對錯與好壞，所以她不該如此擔心害怕，一定能找出在西元生存下來的方法的。

「我沒事，謝謝你。」她不好意思地笑了笑，「那個……你叫什麼名字？」

「我是張析宇，他是李聿融。」見荏苒露出笑容，張析宇也鬆了一口氣，「妳叫荏苒對吧，怎麼寫？」

「時光荏苒的荏苒。」

「這名字還眞特別，那妳姓什麼？」李聿融問。

「永平人沒有姓氏。」她回得一副理所當然的樣子，張析宇和李聿融卻聽得一頭霧水，只是車子剛好抵達目的地，沒了追問下去的契機。

荏苒不可思議地看著餐臺上的眾多菜色，這是怎麼回事？至少有二十幾道菜可以選，而且都凌晨兩點多了，店內仍然高朋滿座。

身爲永平人，荏苒習慣和大家一樣，最晚十點前就會上床睡覺，規律的生活習慣，配合健康的飲食，讓永平人的平均壽命可達一百歲。

「妳要吃什麼？」張析宇在托盤放上兩個碟子，手裡拿著夾子。

很多食材荏苒都認不得，之前在永平也沒見過，另外永平的烹調方式幾乎都只是水煮後再加上簡單的調味，不像這邊變化這麼多。

「我都可以，你選吧。」所以她這麼說。

「聿融好像找到位子了，妳先去坐下吧。」張析宇不以爲意。

當荏苒走往李聿融所在的角落時，她發現店裡的顧客都在看她，並且眼神怪異，有些人甚至掩嘴偷笑，她心中升起一股異樣的感覺，她不理解這種感覺是什麼，她只知道自己想要躲起來，希望別人別再這樣盯著她看。

「妳不會熱嗎？妳滿頭大汗耶。」當她舉步艱難地走到李聿融面前，他抽了幾張餐巾紙給她。

「啊……原來那是熱的感覺嗎？」荏苒將方才那種異樣的感覺，理解成是因爲太熱所造成。

「妳要不要去廁所脫掉褲襪？妳穿這樣我怕妳會中暑，妳臉超紅的耶。」李聿融雙手交疊在胸前，認眞建議。

「沒關係。」荏苒這時才第一次看清楚李聿融的長相，濃眉大眼，深邃立體的五官讓她想起了貝克，如果李聿融生長在永平，一定也會跟貝克一樣受歡迎。

雖然才從永平來到西元不過幾個小時，荏苒已經察覺到西元人表情十分豐富，不管是開心、不悅、疑惑或鄙夷，都會在臉上或多或少顯露出來。莉芙是她見過最多表情的人，但即便是莉芙，此刻隨便和店內的任何一個人相比，都顯得面無表情。

「妳是在躲誰嗎？」李聿融好奇問。

荏苒聽不懂他的問題，沒有回話。

「不然妳怎麼會沒地方去？等等吃完宵夜妳要怎麼辦？」

是啊，該怎麼辦？荏苒陷入思考。

要是她能迅速懷孕的話，文妲一定會馬上派時光機過來接她……對，一定是這樣！所以文妲才沒有安排後續事宜，就是希望她能在第一時間完成任務。

那麼不能再浪費時間了，她得把握機會確認所遇到的每個男人的基因。

於是荏苒放在桌面下的手指輕點手環上的面板，銀針快速飛出，悄無聲息地刺入李聿融的脖子，隨後銀針返回面板，沒入其中，面板發出黃光。

荏苒一愣，不可置信地看著面板上顯示的數據。

基因完善程度百分之百。

她訝異地抬頭看著眼前的男人。

李聿融，就是她的目標，他的基因堪稱完美。

原來如此，一切都是安排好的！之所以讓她出現在那個怪異的地方，也沒給予她任何資金，是因爲她一來到這裡就將遇見攻略目標。

「大家快開吃吧！」張析宇端著兩個托盤走過來，李聿融連忙要接過。

荏苒卻冷不防抓住李聿融的手，「你能不能和我生孩子？」

這話雖不大聲，但也足夠讓坐在附近的客人聽見了，那些客人登時停下筷子，目瞪口呆地朝荏苒看過來，張析宇更是張大了嘴巴，至於最驚訝的當然還是李聿融。

「很多女生向我告白過，就妳告白的方式最特別。」李聿融以爲荏苒是在開玩笑，本來想玩笑帶過，卻從她堅定的眼神中看出她的認眞，頓時覺得荏苒有點可怕。畢竟「能不能和我生孩子」跟「能不能和我上床」，這兩句話在意思上差很多啊，雖然中間的過程是一樣的……

「欸，那個，我們先吃宵夜好嗎？」李聿融訕訕地回。

「這種情況下，你還能堅持先吃宵夜。」張析宇差點沒翻白眼，扭頭吩咐荏苒，「妳先放開他啦，我快拿不住托盤了。」

「你答應和我生小孩嗎？」荏苒定定注視著李聿融。

「我不想有小孩，至少現在不想，我才二十一歲欸！」李聿融難得露出困擾的神情。

「沒關係呀，我也才十八歲。」荏苒搞不清楚重點。

也不期望李聿融幫忙了，張析宇逕自把托盤放上桌，在李聿融旁邊坐下，「別鬧了，快點吃東西。」

「鬧？」荏苒想了一下這個字是什麼意思，「我很認眞。」

李聿融用力甩開荏苒的手，拿起筷子，「我快要餓死了。妳是怎麼回事啊？才十八歲就在外面閒晃到這麼晚，還要生什麼小孩？」

張析宇一愣，壓低聲音對李聿融說：「她該不會……頭腦有點問題？」

「看起來不像啊，痴女倒是有一點。」李聿融說完笑了。

荏苒不想把時間花在吃東西上，她必須快點懷孕才能回去，否則她連自己今晚該在哪裡落腳都不知道。

可是……她看著桌上那些色香味俱全的菜餚，不由得嚥了嚥口水。

於是她也跟著拿起筷子，夾起一種綠色的蔬菜嘗試吃了一口，隨即瞪大了眼睛，開始狼吞虎嚥起來。

兩個男人被她吃飯的氣勢嚇到，李聿融感嘆道：「看來她餓很久了。」

「快吃，不然就被她吃完了！」張析宇也夾起一塊糖醋排骨塞入口中。

荏苒特別喜歡其中一種紅色的長條狀食物，味道甜甜的，十分好吃。她還注意到菜餚裡幾乎都會出現某種切成白色塊狀的物體，肉類口感有硬有軟，烹調方式也有鹹有甜。

吃完宵夜後，荏苒問起剛才吃的東西分別是什麼，只是即便張析宇耐心地一一回答，荏苒卻有聽沒有懂。

走出清粥小菜店，李聿融打了個哈欠，說他要回去了，荏苒連忙拉住他，又提了那句：「可以和我生孩子嗎？」

「妳到底在想什麼啊？」張析宇也覺得扯。

這次因爲睏意來襲，李聿融被荏苒怪異至極的舉止搞得失去耐心，他甩開荏苒的手，臉上卻仍不失笑容：「如果妳只是想要上床，我或許會答應，但生孩子？妳腦子是不是有問題？」

荏苒不曾感受過別人所表現出的冷漠與不耐，她下意識鬆開了手，咬緊下唇。可是，她必須完成任務才行，她認爲自己沒有太多時間，也不會再這麼好運，能找到如此完美的基因。

「我只是想要你的孩子，一旦懷孕我就會離開。」荏苒鄭重地說。

「妳自己瘋吧。」李聿融一臉匪夷所思，隨手招了路邊的計程車坐上去，「析宇，你自己找來的麻煩，自己處理。」

無奈之下，張析宇也只能目送李聿融離開，心想早知道就不要和荏苒這個怪女人扯上關係了，搞得好像是他引來變態騷擾朋友。

荏苒沮喪地低下頭，不明白哪個環節出了差錯，她明明很瞭解西元的一切，實際來到西元之後卻問題重重，許多用詞無法理解，也不認識食材，甚至連好好向西元人傳達自己的想法都做不到。

「我也許完成不了任務……」荏苒低喃。

「妳知道怎麼回去對吧？」張析宇想趁機溜走，而荏苒像是沒聽到他說的話，目光茫然地落向遠處。「那我就走嘍，妳身上有錢吧……」

他後退幾步，也伸手招了一輛計程車，正想坐上去，卻看見荏苒蹲了下來，淚水奪眶而出。

「欸！欸欸！妳爲什麼要哭啦！」張析宇慌了，他生平什麼都不怕，就怕女人和老人哭。

「哭？」荏苒疑惑地摸向臉頰，摸到了一片溼意。她在課堂上學過，明白哭是什麼意思，只是永平人早就沒了那些會導致哭泣的情緒，她以爲人類早已因演化而沒了淚腺，沒想到自己才剛來到西元，便掉下了眼淚。

原本她想歡呼，也想把這件事記錄到手環之中，可是眼淚彷彿打開了她體內的某個開關，讓她的不安與慌張傾洩而出，她無法抑制地越哭越凶，從安靜落淚演變成嚎啕大哭。

「妳、妳不要哭啦！」張析宇更驚慌了。

計程車司機從車窗探出頭來，笑嘻嘻地說：「快點和好啦，別讓女朋友蹲在路邊哭，趕快去哄一下她啊。」

「不是啦！我們不是那種關係！」張析宇紅著臉解釋，一時不知該如何是好，只好拉著哭哭啼啼的荏苒一起坐上車。

「小姐，別哭了，千錯萬錯都是男朋友的錯啦！」司機大哥自以爲幽默地安慰荏苒，而張析宇只希望他閉嘴。

無計可施之下，好像也只能先把荏苒帶回家了。張析宇聽過也目睹過夜店撿屍，但他怎麼感覺自己像是撿了一個麻煩回家。

好不容易抵達自家公寓樓下的巷子，荏苒總算不再哭聲震天，只是依舊啜泣不止，張析宇頭大如斗，無奈地付了車錢下車，沒想到第一次帶女生回家竟會是在這種情況下。

「欸，我跟妳說喔，我爸媽應該睡了，但我姊房間的燈還亮著……等一下不知道她會怎麼虧我，反正妳不要說什麼『要跟誰生孩子』之類的怪話，知道嗎？」

「我沒有想跟你生孩子，你基因不行。」荏苒抽抽噎噎地說。

「怎麼聽著有點不爽啊。」張析宇覺得拳頭硬硬的。

張析宇家的公寓雖然老舊，但還算維護得不錯，荏苒注意到五樓的樓梯間堆放著一小堆廢棄的木材、紙箱等雜物。

「那些東西是怎麼回事？」荏苒問。

「大概是鄰居拿出來放在這裡的。」張析宇邊說邊摸出鑰匙。

「那怎麼不丟掉？」

「又不是我們家的……」張析宇話才說到一半，內門便先一步被人打開，一個臉上正敷著面膜的年輕女性低斥：「你要死了，這麼晚回來！」

「我有跟爸媽說我要去夜店。」

「夜店？你都幾歲了還去夜店？」張品庭打開鐵門。

「我現在去夜店年紀剛好好嗎？不像妳年紀大了……」張析宇話都還沒說完，便得到張品庭的鐵拳伺候。「好痛！啊！妳嘴巴有酒臭，妳又在喝酒了？」

「我那叫品酒，懂嗎？臭小子！」張品庭睡前習慣會喝一、兩杯紅酒，她堅持那不是酗酒，而是品酒。

就在這時候，張品庭才注意到跟在張析宇身後的荏苒，她驚愕地張大嘴，面膜差點就要掉下來。

「妳的臉皮掉了！」荏苒驚呼。

「臉皮？這是面膜啦！」張品庭皺眉，這女孩是在裝可愛嗎？「欸，析宇你是怎樣？帶女人回來家裡？不會去旅館喔？」

「不是啦，不要誤會，先讓我們進去。」張析宇用力擠開張品庭，示意荏苒進到屋裡。

「你們住在一起？」荏苒穿著鞋子踏進客廳。

張品庭立刻斥責她：「把鞋子脫掉！很髒耶！」

髒？荏苒低頭，發現地板上有了灰色的印子，她忘了西元時期灰塵量很大，跟幾乎沒有灰塵的永平不同。

脫下鞋子後，她有些驚訝地看見客廳的牆上掛著張析宇一家的合照，櫃子上也擺滿了各式各樣的相框，裡頭是張析宇和張品庭從小到大的照片，一旁的鞋櫃也有十多雙不同尺寸的鞋子。

「你們四個人住在一起？」荏苒指著牆上的全家福合照。

「對啊，不過我爸媽睡了，所以妳小聲一點。」說完，張析宇扭頭囑咐正在撕下面膜的張品庭，「姊，妳也安靜點。」

「你還敢管我啊？」張品庭氣沖沖地捏住張析宇的耳朵，「你要撿屍不會到外面開房間？帶回家裡是怎樣？這點錢也要省？噁心死了！」

「不是啦，就說不是那樣了，聽我解釋啊！」張析宇痛得求饒，張品庭每次下手都不知輕重。

當張析宇忙著向張品庭解釋整件事情的來龍去脈時，荏苒站過去仔細端詳那些照片，從照片裡，她得知張品庭在國小畢業典禮那天，牽著父母的手笑得很開心；穿著劍道服的張析宇一手拿著竹劍，一手拿著季軍錦旗；張析宇服兵役時，全家一起帶著大包小包去兵營探望他。這些照片所代表的涵義，對荏苒來說是非常陌生的概念。

在永平，沒有人會住在一起，所有人都獨自生活。

「妳是怎麼回事呀？」聽完張析宇的解釋後，張品庭雙手環胸，不客氣地掃視眼前這個穿得一身白的怪女孩，居然連褲襪都是白的，材質看起來還有點奇怪。

「我？我沒有怎樣，我只是想找人生……」荏苒一臉無辜。

「找尋人生目標。」張析宇連忙接話。

「人生目標？妳是怎樣？離家出走？」張品庭打量著她的目光變得更加凌厲，

「妳臉上都是汗，在大熱天穿這麼多？」

「好了，妳不要再拷問她了，這麼晚了，先讓她洗澡睡覺吧。妳衣服借她，然後讓她跟妳一起睡。」張析宇將荏苒推到張品庭旁邊。

「死小鬼，你現在還會指使我啊？」張品庭用力打了張析宇的頭。

這對姊弟的互動看在荏苒眼裡新奇無比，這在永平絕對不可能發生，但她卻覺得，人與人之間就該如此交流。不過，就是因爲西元人的情感太過豐沛，才會導致西元走向滅亡，而儘管永平人缺乏情感，但也是爲了人類永續生存，不得不爲的妥協。

罵歸罵，張品庭還是帶荏苒去浴室，並拿了一套乾淨的衣服給她。

荏苒環顧浴室，有些不知所措，對張品庭露出求救的眼神。

「天啊！妳是智障嗎？」張品庭解釋完洗髮精、沐浴乳、洗面乳分別的用途後，又不放心地說：「水龍頭左邊是熱水、右邊是冷水，洗完後用毛巾擦乾身體，穿上衣服再出來吹頭髮，這樣懂嗎？」

「我不是笨蛋。」荏苒皺眉，擦乾身體再穿衣服她知道，她只是不清楚清潔用品和水龍頭要怎麼使用，畢竟在永平，只需要清水便能清潔人體。

「很接近了。」張品庭皮笑肉不笑，關上浴室門。

荏苒看著鏡子中的自己，頭髮凌亂，眼睛也因爲哭泣而紅腫，那副狼狽的模樣連自己都覺得陌生。她脫下衣服，才來到這裡沒多久，那身白衣已有了幾處髒汙。

她站在蓮蓬頭下，讓熱水沖淋過肌膚，緩緩閉上雙眼。

等她走出浴室，張品庭已經側躺在沙發上睡著了，張析宇也換上了家居服，坐在客廳看電視等她。

「妳今晚和我姊一起睡，明天再跟我一起出門。」張析宇扭過頭，瞥見剛洗完澡的荏苒，她穿著寬版連身睡衣，肌膚白皙明淨，睫毛上彷彿還殘留著水滴，看起來竟如夢似幻。

他察覺自己居然看傻了，趕緊咳了幾聲，藉此掩飾失態。

「出門去哪裡？」她問。

「妳當然是回妳家啊，我要去找朋友。」張析宇正色道，「還有，我都讓妳來我家住一晚了，妳不覺得妳應該跟我解釋一下妳的怪異行爲嗎？好歹讓我能不必擔心自己是不是帶了一個危險的傢伙回來。」

荏苒沒有猶豫便說：「我來自未來。」

「小姐，麻煩妳認眞一點……」張析宇頭好痛。

「我眞的來自未來，來自好幾千年以後的未來。我所處的年代，世界已經沒有國與國之分，人類先前差點因爲長年戰爭而滅絕，我們相信過於激昂的感情是造成這場悲劇的根本原因之一，科學家經過數百年的基因改革，終於成功弱化了人類對於情感的感受。」荏苒毫無隱瞞，將永平與西元的種種差異一口氣說完，更全盤托出她被指派來到西元，肩負誕下擁有西元人基因的後代的重責大任。

張析宇聽得目瞪口呆，最後噗哧一笑：「我看過劇情比這更精采的小說。」

荏苒不由得一愣，她以爲只要說出事情的眞相，對方就會相信，畢竟在永平就是這樣，人與人之間不會相互懷疑。

她握緊拳頭，心中的委屈轉爲怒氣噴發而出：「我講的是眞的！」

下一秒，她立刻捂住嘴巴，驚覺自己過去從來不曾如此大聲說話，也不曾……生氣，對，這種陌生的情緒應該就是生氣。

「妳是惱羞成怒嗎？」張析宇擺明不信，瞥了眼時鐘，「別再鬧了，再不睡就要天亮了。」

荏苒輕觸手環，一根銀針從面板上浮出，張析宇面露疑惑：「妳那是新出的Apple Watch嗎？怎麼長得不太一樣？」

接著那根銀針射向在沙發上睡覺的張品庭，荏苒想以此作爲證明，然而此時張析宇卻被電視上的綜藝節目吸引住目光，根本沒留意荏苒在做什麼。

待那根銀針飛回手環後，荏苒自顧自地解釋：「這個手環具備基因檢測功能，能幫我檢測每個人的基因品質。」

很快地，面板上浮現數據，機器音響起：「性別不符。基因尚可。」

「妳的聲音怎麼變啦？」張析宇趁著廣告的時候，轉過頭對她說：「穿越時空這種事只會出現在電影或小說裡，況且如果妳眞的來自未來，那怎麼不跟我說說下一組開獎的樂透號碼？」

茬苒氣得頂回去：「如果你忽然回到十年前，你有辦法告訴他們明天會發生什麼事嗎？」

哇！又生氣了，但是她生氣起來怎麼有點可愛？張析宇覺得自己也是沒救了，就因爲茬苒長得漂亮，所以自己在聽她說出那樣異想天開的漫天大謊後，不僅沒把她從家裡趕出去，還覺得她惱羞成怒的樣子可愛？

於是他無奈道：「不然妳隨便說個即將在未來發生的大事件？這樣我或許就會相信。」

「我不能做出任何可能會改變過去的行徑，要是導致影響了永平的出現，那該怎麼辦？」雖然文姐說他們推算過，無論如何永平都一定會出現，但茬苒仍然不想冒險。

「那妳怎麼說都行啦。我跟妳說，妳明天一定要離開我家，收留妳一天已經是仁至義盡了。」張析宇正色道。

「西元人還眞是冷淡。」

「謝謝誇獎。」張析宇笑了，「話說回來，妳一直說自己來自未來，請問那是多久以後的未來？」

「很久很久以後。」

「沒有個準確的年代嗎？」

荏苒想了一下，透露這個訊息應該無傷大雅，「在西元滅亡的四千多年後。」

「啊？滅亡？」

第三章　無條件信任的對象

熱騰騰的飯菜香氣瀰漫在整間屋子裡，客廳傳來電視的聲音，有人走到房門口，輕敲幾下門板，隨後倏地打開門，不滿地嚷道：「我進自己房間爲什麼還要敲門！」

張品庭昨晚在沙發上睡著了，怎麼叫也叫不醒，張析宇便讓她睡在客廳，要荏苒去她房間睡。

一早起床，張品庭對於自己睡在客廳、陌生人睡在自己房間床上這件事，感到萬分不爽，爲此揍了張析宇一頓。在母親的要求下，她不情不願地過來叫荏苒起床吃飯。只是當她打開房門，卻看見荏苒端正地坐在地板上，床鋪整齊得像是沒人睡過。

「妳昨晚睡在地上？」

「對，主人不在，我不好意思睡在床上。」荏苒語氣認眞。

「喔……是喔……算妳還有點常識。」張品庭有點驚訝，怎麼這個女生給人的感覺跟昨晚差這麼多？

「很抱歉昨晚給妳添麻煩了，因爲我……總之，謝謝你們收留我一晚。」荏苒垂下眼睛，很快又揚起笑容，「那我就先告辭了。」

「等先吃完早餐再走吧。」張品庭下意識地說，「我媽準備好早餐了。」

「真的非常感謝你們。」荏苒禮貌地鞠了個躬。

奇怪了，是昨晚喝了點小酒的緣故嗎？在張品庭的印象中，荏苒就是個莫名其妙的笨蛋，怎麼現在表現得那麼正常？而且還很有禮貌！看樣子以後還是少喝點好了……

荏苒跟著張品庭來到餐桌旁邊，李玉佳正在盛飯，而張至堯負責將盛好飯的碗放到餐桌上。荏苒昨晚在牆上的全家福照片看過這對中年男女，她推測他們應該就是張品庭與張析宇的父母。

張析宇注意到荏苒還穿著睡衣，皺起眉頭：「姊，妳再借她一件外出的衣服穿吧。」

「啊，沒關係，這樣太麻煩姊姊了，我等會兒穿回自己的衣服就行。」荏苒連忙禮貌婉拒，但這樣的回話方式讓張析宇愣住了。

「妳恢復正常了啊？所以昨天果然是喝醉了？」

「真的很抱歉給你們添麻煩了。」荏苒再次向所有人鞠躬，「昨晚冒昧前來借住一宿，明明素昧平生，張析宇卻好心收留我一晚，實在非常感謝。」

張析宇腦子陷入混亂，這女的說話怎麼會變得這麼有教養？簡直像是換了一個人，難道昨天喝醉的其實是自己？

「哎呀！別這麼客氣！我本來以為他帶了女朋友回來，還開心了一下。」李玉佳外表還算保養得宜，性格親切爽朗。

「別瞎說了，這麼漂亮的小姑娘，怎麼可能會喜歡我們家這根歹筍。」張至堯詆毀起自家兒子毫不客氣。

「欸欸，再怎樣歹筍也是你們生的好嗎？」張析宇拉開椅子，「快坐下吧。」

荏苒點點頭，坐下之後，她吃了幾口，眼睛一亮，「這高麗菜好好吃、好甜呀！還有這豆棗我也很喜歡，昨晚我們去吃清粥小菜也有吃到。」

「妳現在知道這些菜是什麼啦？」張析宇忍不住說，昨天荏苒明明什麼菜都認不得。

「唉唷，嘴巴好甜，果然做菜給懂吃的人吃就是不一樣，這可是梨山高麗菜，我們家兩個孩子都分不出來。」短短幾句交談，荏苒就輕易擄獲了李玉佳的歡心。

「至少我們知道好吃啊。」張品庭不滿道。

「還說呢，都閒在家裡兩個月了，還不快去找份工作，要一直當米蟲嗎？」張至堯語氣有些嚴肅，卻不是眞的生氣。

「有啦，我有在找。」張品庭吐吐舌頭，她的確投了幾次履歷，只是沒有下文嘛！誰叫她得罪了美妝界的大前輩，幾乎算是被業界封殺了。

荏苒一邊吃飯，一邊突然紅了眼眶，引得所有人都停下手中的筷子看向她。

「怎麼又哭了？妳又怎樣了啦！」張析宇內心警報大響，這女的該不會又要提什麼生小孩的事吧？

「別哭別哭，沒事的。」李玉佳趕緊抽了幾張面紙給荏苒。

荏苒接過面紙，擦去眼淚，不好意思地笑了下。

「怎麼會忽然哭了？發生什麼事了？」張至堯柔聲問。

「我只是覺得這樣的氣氛好溫暖，我從來沒有跟家人一起吃過飯。」

荏苒的話讓眾人都傻了，各自面面相覷。

「妳的爸爸媽媽呢？」李玉佳的手蓋上了荏苒的手背。

「我沒有爸爸媽媽，我是在育幼院長大的。可能我不討喜吧，始終沒人願意領養我，不過，昨天我終於滿十八歲了，可以離開育幼院自力更生了。」她盡量說得雲淡風輕，「就在昨天晚上，我收到育幼院的通知，說是找到我的親生父母了……我一直以爲他們是因爲生活困苦才會拋棄我，沒想到根本不是這樣，他們只是因爲不想要小孩，才把我丟了……」

「怎麼會有這麼扯的事？」張品庭不敢置信。

「天啊……妳有跟妳親生父母相認嗎？」李玉佳聽得眼眶泛紅。

「沒有，既然不想要我，就不需要打擾他們了。不用擔心，我沒事的。」荏苒做出一副強打起精神的樣子，並且露出了笑容。

「怎麼會有這麼善良的孩子啊。」張至堯滿是心疼，十八歲也還是孩子呀，怎麼自力更生呢？

「妳這樣有地方住嗎？妳有念大學嗎？」張品庭的母性也被喚起。

「我今天會去找房子，我高中畢業就不打算繼續升學了，所以也得找份工作。」茌苒這番話又惹得張家人一陣心酸。

「妳有什麼需要儘管說……啊，等等，張析宇，我記得你之前不是說你學校附近很多學生套房嗎？幫她……那個，妳叫什麼名字呀？」張品庭不好意思地問，她甚至不確定昨晚茌苒有沒有做過自我介紹。

「我叫傅茌苒，時光茌苒的茌苒。」

「好特別的名字。」李玉佳稱讚。

張析宇忍不住挑眉，昨天她還說自己沒有姓氏，今天居然有了，面前這個女孩跟昨晚的茌苒到底是不是同一個人？是雙胞胎？還是人格分裂？

「張析宇，你有沒有在聽？」張品庭用湯匙作勢要敲他的頭。

「欸！很髒欸！」張析宇快速閃過，「我學校附近是有很多出租套房沒錯，但是……」

「那你今天快帶人家去找房子。」張至堯下了命令。

「我今天要和朋友出去！」他抗議。

「跟朋友說你有要事要忙，她一個年輕女孩單獨去看房子不安全，你一定要陪著她。」李玉佳和善地拍拍荏苒的手，「荏苒，妳慢慢來，在找到房子以前，就暫時住在我們這裡吧。」

「對呀，妳可以跟我一起睡。」張品庭也同意了。

「這怎麼好意思，那……好歹讓我付一點房租？」荏苒慌張地說。

「不用，先好好住著，再慢慢找房子吧。」張至堯做下結論。

這峰迴路轉的劇情發展，讓張析宇完全跟不上。

他不過是去趟夜店，怎麼就多了個女人要住進他家了？

★

「妳預算多少呀？」張析宇騎著機車，趁停紅燈時提問。

「一萬左右。」坐在後座的荏苒回應，她身上穿的還是暫時跟張品庭借的上衣和短褲。

「現在的妳很正常啊，爲什麼昨天要說那種話？」張析宇嘆氣，見號誌燈轉綠，便催動油門。

「哪種話？我來自未來嗎？」

張析宇大笑，「對啊，這眞是我聽過最荒謬的謊話了。」

「但我昨天說的是眞的。」

張析宇差點緊急剎車，他透過後照鏡看向荏苒，她一派輕鬆地笑著說：「我確實來自西元滅亡很久以後的未來，爲了懷上西元人的孩子，才會來到這裡。」

「妳到底是怎樣？剛才不是說自己在育幼院長大？」在前方的小巷子轉彎後，張析宇放慢車速，開始找停車位。

「除了你以外，我似乎不能對其他人說出眞相。」荏苒在張析宇找到車位準備停車時，敏捷地從機車後座跳下來。

昨晚當荏苒告訴張析宇，自己來自西元滅亡的四千多年後，張析宇先是一愣，下一秒卻放聲大笑。荏苒感覺自己受到了侮辱，氣呼呼地撇過頭，不願再多說。只當荏苒是在胡言亂語的張析宇，在帶著她來到張品庭的房間後就離開了。荏苒覺得沒趣，正打算上床睡覺，手環卻迸出了亮光。

「荏苒。」

有人喊她的名字，手環上的面板出現文姮的小型立體投影，荏苒差點就要激動落淚。

「文姮！是我！原來這個手環可以跟妳進行通訊啊！」

「荏苒，這是預錄好的影片，設定在妳抵達西元時期五個小時後自動播放，如果設定沒有出錯，妳會來到西元二〇二〇年六月底，妳應該會在一個被稱作『夜店』的地方醒來，請妳不要告訴任何人妳來自未來。或許妳已經跟幾個人說了，不要緊，不會有人相信妳的。妳唯一可以信任的對象，是第一個幫助妳的異性，只有他能夠知道妳眞實的身分來歷，雖然他應該也不會相信。辛苦妳了，荏苒，過去這五個小時，妳一定很無助，但不用擔心，去找一個叫傅采茜的女人，她也是永平人，早妳好幾年前就來到西元，她爲了協助妳執行任務，已經做好了前期的準備……荏苒，我希望妳能完成任務，但如果妳沒能做到，也沒有關係，一切等妳找到傅采茜，妳就會明白。」

影片結束前，文姐報出一串地址和一間公司的名字，接著面板浮出一塊小小的晶片，快速飛進荏苒的耳朵，植入她的大腦。霎時之間，荏苒獲得了大量西元年間的基本生活常識，包含如何應對進退，以及一套能讓她被一般人接受的背景設定。

「不得不說文姐眞的很厲害，你瞧見你家人的反應了嗎？他們都很喜歡我。」荏苒興奮地說。

張析宇卻不高興了，他搶過荏苒手中的安全帽。

「怎麼了？」荏苒不明白他爲什麼忽然生氣。

「所以妳剛才說的那些都是謊言？利用我家人對妳的同情心，然後呢？妳想得到什麼？」

「我說了，我來到這裡是爲了要懷孕。」

「別再扯這種狗屁不通的謊話，我是不會信的。妳到底想要幹麼？騙一筆錢？還是仙人跳？」張析宇決定把她丟在這裡，轉身將鑰匙插回機車上，想要騎車離開。

「等一下！」而荏苒動作更快，一把拔走鑰匙，「我沒有要利用你的家人，也沒有要做什麼壞事，不管你信不信，我說的都是實話……嗯，好啦，我剛才在飯桌上確實編造了一套說詞沒錯，但是我確實不知道自己的爸媽是誰。」

「別再騙……」

「是真的！在永平，所有人自出生後都由中央政府統一培育照顧，然後被送往第二大陸接受教育，我們並不存在家庭的觀念，每個人都獨自居住，不喜與他人接觸，缺乏交流，可這樣真的很奇怪！」荏苒說到最後漸漸激動起來，以前她就覺得永平人之間的相處過於冷漠，來到西元後，這種感覺就更強烈了。

儘管只來到西元短短一天，荏苒卻已經從自己和別人身上，體會到許多從未體會過的情感，像是張析宇一家的和樂融融；像是張家人會為了自己虛構出來的可憐身世而同情落淚，且不吝給予萍水相逢的自己許多幫助；像是張析宇會因為家人的同情心被利用而生氣不滿。

人類正是因為擁有豐沛的感情，才能與其他人產生羈絆與連結。

正如文姮所言，永平的情況非常危險，一旦永平人的情感淡薄到了極致，會不會發生比西元第三次世界大戰更可怕的事？

想到這裡，荏苒頓覺不寒而慄，她下定決心，一定要努力完成任務，替缺失情感的永平人找出一絲轉機。

「這就是永平現前面對的困境。」荏苒認眞看著張析宇，「你可以不相信我來自未來，但請你相信我，我絕對不是壞人。」

這番說詞如此異想天開，荏苒卻說得這般煞有介事，張析宇一時半刻不知該怎麼反應，「……妳要我相信妳不是壞人，總得拿出什麼憑據吧？」

荏苒想了想，覺得或許可以從傅采茜下手，她把昨天文姐給她的地址報出來：「那個地方離這裡很遠嗎？」

「不遠，就在附近……」張析宇拿出手機查過地圖，「那裡是電視臺，妳確定？」

「嗯，文姐要我去那裡找一個人，她應該能給你你要的憑據。」荏苒神態無比眞誠。

張析宇依舊半信半疑，只是幫人幫到底，送佛送到西，既然那間電視臺離這裡只隔了兩條馬路，去看看也無妨，反正去到那邊之後，要是荏苒再拿不出足以令他安心的憑據，他大可以拋下她離開。

於是張析宇示意荏苒重新坐上車，載著她往富立電視臺去。

荏苒透過植入腦中的晶片得知，富立電視臺是臺灣目前平均收視率最高的電視臺之一，更是金鐘獎的常勝贏家。

好像早就預料到荏苒一定會來到臺灣一樣，晶片裡儲存的知識範圍，涵蓋一般臺灣人民所該知道的大小事，甚至包括臺語基本對話，讓荏苒得以從容不迫地扮演好一個生活在西元二〇二〇年的臺灣人。

張析宇停好車，和荏苒一同走進電視臺大廳，挑高的中庭採光良好，牆上懸掛著五台大螢幕電視，分別播放富立電視臺旗下的五個頻道節目。

櫃臺人員用親切的語氣開口：「請問兩位來訪的目的是？」

「您好，我要找傅采茜。」荏苒果斷地說。

聞言，張析宇瞪大眼睛，扭頭抓住荏苒的手腕：「妳在開玩笑嗎？」

「什麼？」荏苒不明所以。

「傅采茜？妳是來鬧的還是眞的認識她？」

張析宇過於激動的反應令荏苒覺得奇怪。

「不算認識……」荏苒老實說，畢竟文姐只是叫她來找傅采茜，她的確不認識傅采茜啊。

「別鬧了，我們快點走！」張析宇氣急敗壞地拉著荏苒要離開。

沒想到櫃臺人員卻滿臉堆笑，「請問是傅荏苒小姐嗎？」

張析宇愣住了，動作一頓。

「對！」荏苒拍開他的手，「傅采茜人在這裡嗎？」

「是的，她有提到妳今天會過來，請妳直接上五樓找她，她正在準備錄製節目。」櫃臺人員拿了兩張訪客證交給她。

「錄製節目？」在和緊張到同手同腳的張析宇走進電梯後，荏苒忍不住問：「傅采茜是名人？」

「白痴！妳到底怎麼回事！她是新聞主播出身，後來跨足主持界，已經連續兩年拿下金鐘獎最佳主持人了！超有名的！妳怎麼會認識她？她是妳的誰？她很神祕低調耶，零負評、零緋聞，對於自己的過去與私生活非常保護，就連狗仔記者都查不出什麼。」張析宇說得如數家珍。

既然傅采茜名氣這麼大，那麼在文姐給的晶片資料裡，怎麼完全沒有提到她？荏苒有些疑惑，隨即又想，或許文姐認為，自己會與傅采茜接頭，屆時傅采茜自然會把這些告訴自己。

「哦……你喜歡她喔？」

「臺灣沒人不喜歡她。」張析宇有些扭捏地答道。

電梯停在五樓，電梯門一打開，一個戴眼鏡的女助理站在前方等候。

「櫃臺通知有采茜姊的訪客，就是你們吧？請跟我來。」女助理名叫小忍，中長髮俐落地綁起，一身輕便的褲裝。

小忍領著兩人走進攝影棚，張析宇像是劉姥姥逛大觀園一樣，對棚內的各式器材燈具與布景陳設感到新奇不已。

「采茜姊的休息室在這邊。」小忍停在貼有傅采茜名牌的門前，輕輕敲了幾下門，聽到裡頭的人揚聲示意他們進來後，她才旋開門把，「采茜姊，妳的訪客到了。」

傅采茜帶著淺笑看了過來，她坐在大型化妝鏡前，身旁圍著兩位造型師，一位手上拿著化妝刷具，另一位則拿著電棒捲。

「都弄得差不多了吧？」傅采茜嗓音輕柔，表示自己有事與荏苒商談，請兩位造型師先與小忍一同離開，態度溫和有禮。

天啊，真的是傅采茜本人！張析宇幾乎無法抑制內心的激動，他感覺自己快要暈過去了。

「文姮請我過來找妳，我叫……」

「荏苒。」傅采茜自然而然地接過話。

荏苒略微睜圓眼睛，同時也放下心來，文姮果然把事情都安排好了。

「對，然後這位是我在西元遇到的第一個幫助我的異性，文姮說可以相信他，可是他卻不相信我，堅持要我拿出憑據，所以我就想到妳了。」荏苒哼了聲，斜眼看向從剛才就不發一語的張析宇，意外發現他居然臉紅了。

「妳、妳好，我是張、張析宇，我、我一直很喜歡妳的節目，前陣子妳出書的時候，我有去參加簽、簽書會。」張析宇一番話說得坑坑巴巴，只差沒鞠躬了。

「謝謝你的支持，荏苒是我堂妹，但我行事向來低調，希望你別告訴其他人。」傅采茜起身走到張析宇面前，她已經換上待會要上節目的服裝，白色雪紡紗上衣，搭配剪裁精緻的藍色及膝裙，看起來既美麗又知性。

二十八歲的傅采茜，是臺灣近年來最炙手可熱的一線主持人之一，無論面對哪種類型的談話主題與受訪嘉賓，她都能引領對方侃侃而談。事業有成、容貌出眾的她，是許多年輕女性崇拜的對象。

而傅采茜此刻就站在自己面前，並且還是荏苒的堂姊，原來自己不是撿到神經病，而是撿到女神的堂妹啊！張析宇暈暈然地想。

「這樣的憑據可以了嗎？相信我不是壞人了吧？」荏苒原本想著，張析宇說不定還會要求她簽下保證書之類的，但見他盯著傅采茜那副痴迷的神情，便覺得應該不需要了。

「當然！原來傅采茜是妳堂姊啊，那我當然相信妳不是什麼壞人了！」被見到偶像的興奮沖昏頭的張析宇並未多想。

「荏苒，妳去外面找我的助理小忍，我準備了一些東西要給妳。」

「好，我去找她。」荏苒點點頭，「張析宇，走吧。」

「荏苒，妳自己去就好，讓他留在這裡陪我聊聊，我想聽聽他要妳拿出什麼樣的憑據。」傅采茜對張析宇微微一笑。

張析宇心裡發寒，要是早知道荏苒的堂姊是傅采茜，他就不會懷疑東懷疑西了……等一下，就算他相信荏苒不是壞人，接近他們一家並非心存惡意，但荏苒宣稱自己來自未來，那身爲她的堂姊，難道傅采茜同樣來自未來？這也太令人難以置信了吧？

等荏苒走出休息室，傅采茜斂起笑容，臉上浮現一絲哀傷，「荏苒跟你說的話，存在很多奇怪的地方，對吧？」

「咦？」張析宇沒想到傅采茜會主動提起這件事。

「她是不是說自己來自未來，要與這邊的人生下孩子，好回去拯救未來？」傅采茜這番話讓張析宇瞪大了眼睛。

他連忙用力點頭，「對，妳也知道？」

「抱歉造成你的困擾了，荏苒她啊……」傅采茜神情透出幾分哀淒，「她的確是在育幼院長大沒錯，不過，在她十五歲那年，她不知道透過什麼方式，找到了她的親生父母。荏苒是我大伯外遇所生下的孩子，我大伯根本不願意認她，還不留情面地羞辱了她一頓。我父母見荏苒可憐，便收留荏苒在我家住了一年，那是段很美好的時光……然而某次她與我父母外出時，不幸遇上隨機殺人事件，我父母爲了保護她，慘死在她面前。」

原來如此，所以傅采茜才不願意對外提起自己的過去。張析宇握緊拳頭，艱澀地開口：「荏苒她是……」

「是的，她遭逢巨變，打擊過大，出現了一些幻想的症狀。她向我提過好幾次關於永平的事，像是永平人因爲缺乏感情，導致種族面臨危機之類的，並對此深信不疑。」傅采茜苦笑，「她大概很渴望擁有一個屬於自己的家庭吧，所以才會反覆強調必須得生下孩子。我每次聽到她這麼說，都會覺得很難過。」

傅采茜輕輕握住張析宇的手，「這兩年來，你是她第一個帶來見我的朋友，她應該很信任你，也很希望得到你的信任。如果可以，或許你能稍稍體諒她，陪她演一場戲，不要去否定她幻想出來的世界，好嗎？她是個善良的女孩，不會傷害別人，也不會造成你太多麻煩的。」

「當、當然……」張析宇慚愧極了，原來荏苒是因爲走不出殘酷的過往，才沉溺在編造出來的幻想世界，他卻一直……「沒問題，我不會戳破她的幻想。」

傅采茜像是鬆了口氣，笑容終於稍稍褪去了苦澀，「謝謝你，也請你繼續當她的朋友。」

就在兩人的談話暫時告一段落時，荏苒也正好回到了休息室，她手裡拿著一個資料夾，有些驚奇地看著傅采茜：「妳幫我準備了一間房子？」

「對，妳需要地方住，我還幫妳辦好了明生大學的入學手續。」

張析宇驚訝地插話：「我也念明生！」

「眞的？這麼巧呀！」傅采茜笑了笑。

「采茜姊，差不多該準備嘍。」小忍從門後探頭。

「好，那你們先去那間房子看看，應該還得採買一批生活用品才能住進去。」傅采茜邊說邊對著鏡子檢查妝容，確認完美無瑕後，才跟著小忍步出休息室。

兩人在走廊與傅采茜道別，沿著原路回到一樓大廳，直到繳回訪客證後，張析宇仍覺得剛才和傅采茜的會面像是一場夢境。

「沒想到妳和傅采茜是親戚。」張析宇嘖嘖稱奇。

荏苒從資料夾取出一張紙遞給他，「這個地址你知道嗎？」

「妳還要我載妳去？還眞把我當成工具人啊。」說是這麼說，他還是接過那張紙看了起來。

傅采茜替荏苒準備的是兩室一廳的房型，還有個小廚房，地點鄰近捷運站，稱得上是夢幻居所。

「妳是傅采茜的堂妹，也難怪她會爲妳安排得如此周到，不過，我本來以爲妳們會住在一起。」

「畢竟她也是從永平過來的，還是習慣一個人住吧。」荏苒猜測道。

張析宇想起傅采茜方才所言，既然已然理解荏苒精神狀態有些問題，他也不打算再吐槽她了。

兩人騎車來到傅采茜爲荏苒安排的住所。這棟大廈建齡不到五年，外觀嶄新時髦，進出樓下大廳與電梯都得輸入密碼，前往各樓層的密碼還不一樣，嚴格控管進出。每層樓有三戶，荏苒住在五〇三室。

「這裡超高級耶。」張析宇讚嘆連連。

屋內像是沙發、電視、床墊、冰箱等基本家具都已經齊備，但仍有不少東西必須添購，張析宇稍微盤點了一下，倘若想一次採買完畢，勢必得要開車，問題是自己沒車呀，或許可以找李聿融幫忙……

想到李聿融，就想到荏苒一直嚷嚷著要跟李聿融生孩子，張析宇試著站在荏苒的角度想，傅采茜說過，荏苒極度渴望擁有自己的家庭，那麼荏苒是不是對李聿融一見鍾情，才會挑中他共組家庭？

這也不是沒有可能，畢竟李聿融這樣的大帥哥向來很受女生歡迎。

「荏苒，妳想跟李聿融生小孩是嗎？」張析宇決定給她一點有建設性的意見。

「對，他的基因最完美。」荏苒不假思索答道。

「妳不覺得在進行到那個步驟之前，妳應該要先和他培養感情嗎？」

荏苒一臉愕然，她從來沒想過這點，她只想著快點完成任務好回去交差。

「妳也看到昨晚聿融拒絕妳的態度了，對我們這種年紀的男生來說，生小孩這種事還很遙遠，短期間根本不會列入考慮，但是如果妳能好好跟他談場戀愛，交往個幾年，或許就有機會在未來共組家庭……」

「家庭？」荏苒重複這兩個字。

「對呀。和相愛的人戀愛，然後結婚，再生下孩子，這才是大多數人習慣的正常程序喔。」張析宇覺得自己像是在教小孩一樣。

荏苒陷入沉思，她確實忽略了西元人和永平人之間的差異，若是想順利完成任務，就不能無視西元人所在乎的情感連結。可是，如果花費太多時間與李聿融培養感情，會不會趕不及解決永平人的滅絕危機？

不過，文姐說過，永平的滅絕危機起碼還要二十年以後才會真正到來，況且在文姐預錄的那段影片裡，她也提到：

「荏苒，我希望妳能完成任務，但如果妳沒能做到，也沒有關係，一切等妳找到傅采茜，妳就會明白。」

從這段話能聽出來，身爲麻旦家族的領導者，高瞻遠矚的文姐一定不會把全部的希望只押在自己身上，肯定有其他備案，但如果可以，荏苒還是想努力完成任務。

「所以我應該跟李聿融談戀愛，他才會願意和我生小孩？」荏苒虛心請教。

「嗯……妳喜歡他沒錯吧？那麼妳就得主動追求他，他也許會喜歡上妳，也許不會，戀愛這種事很難說的。不過，我敢肯定一點，要是妳老是追著他喊『和我生小孩』，是絕對不會成功的。」張析宇分析。

「我喜歡他嗎？」荏苒很茫然。

「這怎麼會問我？妳自己最清楚吧。」張析宇聳肩，「經過昨天，他應該已經把妳定調爲一個怪女人，接下來妳要辛苦一點了。」

「你的意思是我該先讓他喜歡上我，才有機會完成任務？」

「嗯……大致來說是這樣。」

「那我該怎麼做？」荏苒問，「我要怎麼讓他喜歡上我？」

「我是母胎單身，二十一年來沒交過女朋友，所以我也不知道。」張析宇想了想，「但至少要先讓妳和他成爲朋友。」

「要怎麼和他成爲朋友？」

「雖然妳和我們念同一所大學，但年級和系所都不同，應該很難有太多交集。這樣好了，我約李聿融一起去採買妳家裡需要的東西，然後就全憑妳的造化了。」

「謝謝你。」

「不客氣，就當做是妳讓我跟傅采茜見面的回禮。」張析宇拿出手機，「加一下

LINE吧，方便聯絡。」

「LINE？」荏苒快速搜索腦中晶片的資料庫，啊，那是通訊軟體。「我還沒有手機。」

「那我留下我的聯絡方式，等妳有了手機再聯絡我吧。」儘管覺得這年代還有人沒有手機很奇怪，張析宇也沒多問，荏苒身上莫名其妙的事實在太多，他感覺自己已經有點見怪不怪了。

荏苒點點頭，和張析宇說了再見。

張析宇離開後，屋子裡只剩下她一個人。

她輕觸手環上的面板，將一整天發生的事口述記錄下來，接著花了一整個下午看電視，原本還興味盎然，漸漸卻變得索然無趣，便起身走到陽臺上看日落西沉，等到天色全然暗下，再回到沙發上坐著發呆，連燈都沒開。

樓下隱約傳來人群的談話聲，以及車輛行駛而過的聲音

爲什麼，她忽然覺得很寂寞呢？

在永平的時候，撇開上課時間，所有人大都待在各自的寢室裡，即便滿室安靜，她也不太會覺得寂寞。

然而此時此刻，當她置身在紛鬧的西元年間，同樣獨自待在房間裡，她卻感到無比的寂寞。

她想念莉芙，甚至有點想念貝克，也想念永平。

同時，她想起今天早上在張析宇家用餐時，張家人親密笑語不斷，圍在桌前共同享用美味的飯菜，李玉佳因爲她「悲慘的遭遇」而眼眶含淚，張至堯也慷慨地提出讓無處可去的她借住他們家。

西元人都這樣輕易地對陌生人伸出援手嗎？他們不怕對方其實不懷好意？尤其詐騙、勒索、偷竊、搶劫、殺人等各式犯罪尚未在西元絕跡，西元人爲何還能如此毫無防備之心？相較之下，永平已不存在犯罪，無須對別人抱持警戒，可是永平人卻從來不會互相幫助。

這兩種截然不同的社會，哪種比較好，哪種比較不好？

佛得說的果然沒錯，在西元，很多事情不是非黑即白，很難有絕對的定論。想著想著，荏苒不知不覺側躺在沙發上睡著了。

★

荏苒知道自己正在做夢。

有人走過來抱起哇哇大哭的她，將她抱在懷中輕輕搖晃。

夢裡的她，還是名嬰兒

「荏苒、荏苒，醒醒。」

荏苒睜開眼睛，看見傅采茜正蹲在沙發旁邊搖晃自己的手臂。

「妳應該還沒吃晚餐吧。」傅采茜已經換過一身衣服，桌上放著她買來的便當。

「還沒。」荏苒揉揉眼睛坐起身，她幾乎沒有做過夢，剛才她不但做夢了，還夢到自己是名嬰兒，這有什麼原因嗎？

「我們終於有機會單獨聊一下了。」傅采茜邊說邊打開便當，「我早妳十年過來，文姐指派給我的任務是在妳到來以前，累積出一筆不小的財富，好讓妳能在西元無憂無慮地生活。任務有點困難，但我做到了。」

「十年前？難道妳也是在年滿十八歲，搭船前往第三大陸的路途中，臨時被麻旦家族召見，然後被指派了祕密任務？」

「對，我在永平的名字是羅貝斯。」她露出冷然的笑容，「在這裡請稱呼我傅采茜。」

「原來如此……文姐這麼早就在布局了……」

傅采茜用下巴指向荏苒的手環，「妳每天都必須口述記錄下一切，對吧？妳現在跟著我唸一串數字，把這串數字記錄下來。」

荏苒甚至沒問爲什麼，乖乖照做。

「快吃便當吧。西元最棒的就是食物了，這是永平拍馬也比不上的。」

荏苒打開屬於她的那一份，她認出那是雞腿飯。

「這是妳的生活費，妳不用擔心錢，我會定期匯入款項。」傅采茜將存摺和提款卡交給她，存摺裡的數字頗爲可觀，「還有，這是妳的手機，我把我的聯絡方式都設置好了，妳有任何事都可以找我，但除非必要，我們還是少聯絡吧。」

荏苒接過手機，馬上點開LINE，把張析宇加爲好友。

「我有幾個問題。」

「邊吃邊問吧。」

荏苒咬下一口雞腿，心下讚嘆，這未免也太好吃了吧，「文姐應該告訴過妳永平未來將得面臨的危機吧？」

「當然，否則我怎麼會願意來到如此落後的舊時代？」傅采茜聳聳肩。

「對了，妳也是搭時光機來的對吧？我一來到這裡就暈倒在夜店的廁所裡，恢復意識後就找不到時光機了。難道時光機把我送過來以後，便自動返回永平？」

「嗯，確實是這樣沒錯。我當初的情況跟妳一樣，在搭乘時光機的過程中暈了過去，醒來時已置身西元。」

「等我們完成任務，文姐會再派時光機來接我們回去？」

「沒錯，我接下來的任務便是協助妳懷孕。」傅采茜將吃完的便當放回塑膠袋。

「妳有辦法連絡上文姐？」

「沒有。」

「那她怎麼知道我們什麼時候完成任務，並派時光機來接我們？」荏苒不解。

傅采茜停下手上的動作，看著荏苒笑了笑，「她就是會知道。」

「透過什麼方式知道的？」荏苒想不明白。

「總之，我們只要相信文姐就好。」傅采茜似乎不願多解釋。

麻旦家族一直都是至高無上的存在，得到所有永平人發自內心的崇敬，也包括荏苒，因此她無條件接受了傅采茜的說法。

「文姐給我的錄像裡提到，她希望我完成任務，但做不到也沒關係，這意思是……除了我之外，文姐有安排其他後備人選？」

「是的，我們都不是唯一選擇。中央政府底下的生命機構，每隔一段時間便會培育一些與西元人盡可能相似的人類，但似乎不是每個人都能跟妳一樣特別。以我為例，我也只是外表長得像西元人，然而我對於情感的感受也和永平人一樣淡漠，只是來到西元生活了十年，才略微有了轉變。」

「那妳喜歡這裡嗎？」

這問題讓原本拿著餐巾紙擦拭桌子的傅采茜停住手，她微微抿唇，看了一下荏苒，眼中似乎有些什麼一閃而過，接著用若無其事的語氣回道：「沒什麼喜歡不喜歡的，就當作是到了異地生活。」

「那妳在這邊有朋友嗎？」

「妳的問題還眞是奇怪。」傅采茜雖然沒有正面回答，卻淡淡地笑了，神情溫和，隱隱帶著幸福的光采。

荏苒心想，看樣子，傅采茜應該在這邊過得很好。

「另外，文姐要我在見到妳之後，轉告妳一件事。」傅采茜定定地看著她，「在與西元人生孩子之前，妳還要先另外完成三個任務。」

「還有其他三個任務？」荏苒瞪大眼睛。

「對，等到完成這三個任務之後，妳才能與擁有完美基因的男人誕育後代。第一，妳要幫助一個人找到人生目標；第二，妳要湊合一對情侶；第三，妳要陪伴一個人重新站起來。」

「什麼？文姐沒提過這些，她只說我的任務就是跟西元人生孩子呀！」荏苒大驚失色。

「我知道文姐跟妳說了什麼，在她送我來到西元之前，就把十年後對於妳的安排都告訴我了。」傅采茜瞥了她一眼。

「我已經找到擁有完美基因的男人了。」荏苒皺眉，「難道不能直接跟他生孩子就好嗎？」

「……那個男人是誰？」傅采茜語氣帶著些許遲疑。

「李聿融。」

一抹難以察覺的震驚出現在傅采茜臉上，她很快轉過身拿起放在沙發上的包包，低聲說：「文姐說，妳必須要完成那三個任務，才能執行最終的任務。」

「爲什麼要這麼麻煩？」

「妳照文姐的吩咐去做就對了。」傅采茜再次面向荏苒時，臉上已重新掛回笑容，「我先離開了。」

送走傅采茜後，手機的提示音響起，張析宇同意了荏苒的好友申請，並傳來訊息：「李聿融答應跟我們一起去採買，明天下午見。」

荏苒愣愣地盯著手機螢幕，想起張析宇的提點——必須先讓李聿融喜歡上她，他才會答應跟她生孩子。

也許，先依照文姐的要求完成那三個任務，未嘗不是好事，這能讓她有時間和李聿融好好培養感情。

第四章 只屬於西元時的情感

「大家重新介紹一下彼此，我是張析宇，明生大學三年級。」

「我叫傅荏苒，明生大學一年級，上次見面那時，我喝得太醉，說了些奇怪的話，嚇到你了，眞不好意思。」

「哇，妳一個女生在外面還是別喝那麼醉比較好，不過話說回來，原來妳是屬於那種喝醉之後外表看不出來的類型啊。」李聿融調侃道。今天的荏苒已經換下那身怪異的白衣白靴，談吐也變得斯文有禮，既漂亮又端莊，與初次見面的印象相差甚遠。

「大概吧，那是我第一次喝酒，我才剛滿十八歲沒多久，不知道自己酒量如何，才會不小心喝多了。」荏苒露出羞澀的微笑。

上述說法，是荏苒昨晚花了不少時間搜尋資料想出來的。

雖然荏苒對於情感的感受能力，明顯高出永平人許多，但與西元人相比，她還是差得遠了，簡單來說，她就是個不會閱讀空氣的白目。

聽到荏苒這樣說，張析宇不由得挑了挑眉，看來她的說話技巧的確提升了不少。稍早在李聿融還沒到來之前，張析宇又一次叮囑荏苒，要是眞想說出「請和我生孩子」這種接近性騷擾的話，請務必把「生孩子」這三個字替換成「交往」。

懵懵懂懂的荏苒還想追問原因，張析宇沒想過自己居然得跟女生解釋這種事，他先是傻眼，最後只無奈地搖搖頭，要她照做就對了。

截至目前爲止，荏苒有把他的囑咐聽進去，表現得還不錯。

李聿融將白色轎車停在大型家具賣場的地下停車場後，三人推著購物車上樓。

趁著荏苒走在前面檢視購物清單時，李聿融低聲打趣張析宇：「那天在夜店，我還以爲自己很衰，遇上了怪桃花，沒想到這朵怪桃花其實是你的啊。」

「別亂說，我跟她只是朋友。」張析宇連忙澄清，「況且你一直都知道我的目標是誰吧。」

「知道啊，不就是薛姍姍嗎？你無法駕馭她那種女人啦。」李聿融擺擺手。

這番話聽在張析宇耳中有些刺耳，他不悅地問：「無法駕馭是什麼意思？我配不上她嗎？」

「你這麼敏感做什麼？我的意思是，薛姍姍是個膚淺的女生，只會用外在條件評斷一個男生，就算她對對方沒興趣，也會物盡其用。你一不小心就可能會淪爲她的工具人。」李聿融語出眞誠，但張析宇聽了並沒有比較釋懷。

張析宇心裡明白，他的外型沒有李聿融出眾亮眼，家世背景也沒有李聿融好，這些他都清楚，只是被李聿融如此坦白地指出來，還是令他頗爲受傷。

荏苒一行三人迅速挑好幾件小家具，接著來到生活用品區。

望著架上一字排開十多款沐浴乳，荏苒不知道該如何挑選，她想著要與李聿融拉近距離，於是主動詢問李聿融的意見，他推薦了鈴蘭香味的沐浴乳。打開瓶蓋聞過之後，荏苒發現自己也很喜歡這種香味，可惜鈴蘭早已在永平絕跡。

「要買的東西大概就是這些了。」張析宇再次比對購物清單，確定沒有遺漏後，便準備要去結帳。

「還有缺什麼嗎？」李聿融問。

「還要買衣服。」荏苒說。

「買衣服？」李聿融本來以為荏苒只是想要去逛街，一問之下才知道，荏苒真的很缺衣服，連身上穿的那套都還是跟張析宇姊姊借的。「妳搬家怎麼沒有把之前的衣服帶過來？」

「那些都送人了。」荏苒回答的語氣真是自然。

「是捐出去了嗎？」李聿融一臉不可置信。

荏苒點頭。

「好吧。但連衣服都要整批重買的話，妳這樣錢夠嗎？」李聿融望著幾乎滿出來的購物車，光這些結帳下來，少說也要好幾萬塊。

「沒問題。」荏苒雖然對金錢數字沒有太多概念，但也知道傅采茜給了自己強大的經濟後盾，完全無須擔憂。

就在三人排隊等候結帳時，李聿融的肩膀被人拍了一下，回頭望去，只見一個美麗的女孩正笑盈盈地看著他。

「好巧，竟然在這邊遇到你！」薛姍姍覺得幸運極了，原本還挺不情願和家人出來逛賣場的，沒想到卻意外遇上熟人。

「對啊，好巧。」李聿融露出禮貌的微笑，他知道薛姍姍對自己有意。一直以來，他在言談舉止間都會刻意與薛姍姍保持距離，即便他不太欣賞她，也不太贊同張析宇追求她，但她畢竟是張析宇喜歡的對象。

「你和析宇一起……」即使只是來逛家具賣場，薛姍姍仍然畫了完整的眼妝，上鉤的眼線讓她形容更顯豔麗，注意到荏苒出現在李聿融身側時，她眼神一變，「這位是……」

「她叫傅荏苒，今年大一，也念我們學校。」李聿融爲薛姍姍介紹荏苒。

「妳好。」荏苒簡單地向薛姍姍打過招呼，又看向李聿融，「等一下直接把購物車推到地下停車場，然後再把東西放進後車廂好嗎？」

「也行。」李聿融點頭同意。

等、等一下，這是什麼情況？薛姍姍下巴差點沒掉下來，李聿融很受女生歡迎沒錯，可是他從來沒跟哪個女生走得比較近，遑論相偕逛大賣場！

對！李聿融非常難攻陷，他向來非常吝於給予別人機會。

就像先前一群朋友約好要開火鍋派對，她用盡心機，好不容易拉著李聿融一同攬下採買食材的工作，李聿融卻在當天故意臨時放鳥，要張析宇代打。

爲什麼知道李聿融是故意的？因爲他說他肚子痛，不能出門，隨後卻被人目睹他生龍活虎地在公園打籃球。

如果李聿融一視同仁，與所有的女生都保持距離還算了，現在這種情況是怎麼回事？即便張析宇也在場，但李聿融開車載一個年輕女生過來買這些……薛姍姍快速掃了一眼購物車——小家具和生活用品？

薛姍姍的心思當然逃不過李聿融和張析宇的眼睛，儘管張析宇不免爲此有些感嘆，卻也因爲巧遇薛姍姍而感到高興。

「你們等一下要去哪裡？」薛姍姍眼珠一轉，笑容嫵媚。

「要去買衣服。」荏苒老實答道。

「你們要去逛街？」薛姍姍嘴角微僵。天啊，李聿融居還要陪她去逛街？

「我沒有衣服，所以要去買。」

「那我也一起去，應該可以吧？」薛姍姍邊說邊瞄向李聿融和張析宇，隨後親密地挽著荏苒的手，「女生和女生一起逛街也比較好玩啊。」

荏苒低頭看向薛姍姍挽著她的手，不由得想起了莉芙，但莉芙從來沒有像這樣挽過自己的手。

「妳要買些什麼樣的衣服啊？」

「衣服、褲子、裙子、鞋子什麼都要，內衣也要。」荏苒歪著頭細數。

荏苒這個回答讓薛姍姍快要笑不出來了，她額冒青筋，心中暗罵，荏苒這女人外表一副天真純情的樣子，卻找男生陪同去買內衣，根本就是個心機女！

「既然如此，有女生同行會比較方便吧，還可以幫忙出主意。」薛姍姍強撐著微笑。

「這……」李聿融之所以答應張析宇開車載荏苒過來家具賣場，是因爲他以爲張析宇對荏苒有興趣，而且荏苒不在自己的生活圈裡，以後說不定不會再碰面了，順手幫個小忙也沒什麼。

但薛姍姍就不一樣了，李聿融不想跟她牽扯太多。然而現在這種狀況有點騎虎難下，他找不出冠冕堂皇的理由拒絕，也不能藉口說自己臨時有事得先走，畢竟他還得把荏苒買的那一大堆東西載回她家。

眞是失策，他怎麼會把自己搞得這麼進退兩難啊！

「那就一起吧。」不等李聿融回答，張析宇立即爽快應下，這讓薛姍姍心中一喜，暗自感謝他的助攻。

「太好了，那我跟我家人說一聲，要等我喔！」薛姍姍說完便轉身跑開。

「她好漂亮。」荏苒看著薛姍姍的背影，她身上的香水氣味仍然飄盪在空氣裡。

「是嗎？那是靠化妝吧。」李聿融冷哼一聲。

「你為什麼對她意見那麼多？」張析宇忍不住發難。

「我知道你喜歡她，但請不要情人眼裡出西施。」不知為何，李聿融在這方面嘴巴總是很毒。

「你喜歡她？」荏苒驚呼，「你不是喜歡傅采茜嗎？」

張析宇一愣，沒想到荏苒會提起傅采茜。

李聿融哈哈大笑：「妳說那個主持人傅采茜嗎？的確有很多人喜歡她，原來析宇也是她的粉絲啊。」

「你少裝了，你明明也有買她的書。」說完，張析宇把荏苒拉到一旁，小聲問：「妳這樣提到她好嗎？她不是要妳保密？」

「李聿融不是外人，他不會亂說的。」他基因優良，所以他品性一定也很好，荏苒如此相信。

「為什麼在我面前講悄悄話，這樣不禮貌喔。」李聿融斜眼看過去。

「傅采茜是我的親戚。」荏苒解釋。

「啥？真的假的？傅采茜一直都很低調，私生活很少曝光，超級神祕的……啊！對耶，妳也姓傅……」李聿融覺得自己總算理解為何張析宇會這麼反常，明明才認識荏苒沒幾天，卻願意幫她這麼多忙，原來是有傅采茜這層關係在啊。

「這是祕密，別說出去啊。」張析宇再三叮囑他。

「發誓不說。」李聿融做了個縫上嘴巴的動作，「不過荏苒，析宇對於傅采茜的喜歡，和對於薛姍姍的喜歡是不一樣的啦。」

「什麼？我還以為是一樣的。」原來同樣是「喜歡」，還有不同的定義啊，荏苒對此感到很神奇。

「差多了，妳天兵喔。」張析宇皺眉。

「好啦！我們走吧！」薛姍姍興沖沖地跑回來，再次親密地挽著荏苒的手臂。

該怎麼形容這種感覺呢？被薛姍姍這樣挽著，荏苒莫名覺得胸口暖暖的，她喜歡這樣的親密感。

於是一行三人變成四人，儘管薛姍姍醉翁之意不在酒，但還是很認真地幫荏苒挑衣服，尤其當她發現荏苒還真的是要買「全部的衣服」時，簡直驚呆了，同時燃起了搭配服飾的慾望，加上荏苒又說沒有預算上限，便卯起勁來挑選各式衣物，甚至忘了她的初衷是想抓緊機會黏在李聿融身邊，最後反倒變成兩個女生在店裡買得渾然忘我，兩個男生在外面等到天荒地老。

「久等啦！」兩個女生從內衣專櫃走出來時，手上都提滿了大包小包。

「再買下去車子都要裝不下了，可以回去了吧？」李聿融沒料到女生的購買力這麼強。

「眞的很謝謝你們幫了我這麼多忙，我請大家吃頓飯好嗎？不然來我家好了，我們叫外送？」荏苒禮數做得很足夠。

張析宇等人想想都答應了，畢竟光靠荏苒一個人，根本沒辦法把下午採買的那些東西拿回屋內，直接在她家叫外賣確實比較省事。

來到荏苒的住處後，李聿融和薛姍姍先是爲這棟大樓的豪華與荏苒的財力感到驚訝，接著便與張析宇一同幫荏苒整理起家裡。

這對荏苒來說，是很不可思議的體驗，她才認識這些人沒幾天，他們就願意這樣幫助自己，這是只屬於西元的人情味。

就在男生們在客廳組裝櫃子時，兩個女生進到房裡，挑選出第一批衣物進行清洗。

「荏苒，我覺得妳挺單純的，所以我就直接問嘍。」薛姍姍決定開門見山，「那兩個男生，妳喜歡誰啊？」

「我沒有喜歡誰呀。」荏苒不假思索便答。

「確定沒有？」薛姍姍大喜，頓時鬆了一口氣，雖然她覺得自己比荏苒漂亮多了，但荏苒容顏清秀，身材纖細，是那種男生見了會想要保護的類型。

能少一個這樣的情敵，對她來說絕對是一件好事。

「嗯，我沒有喜歡他們。」荏苒抱起那疊挑選出來的白色衣物，準備走出房間，

「但我想跟李聿融生……交往。」

「等一下！」薛姍姍趕緊追上，氣急敗壞道：「妳不是說妳沒有喜歡李聿融嗎？」

「對呀，我沒有喜歡他。」荏苒頓了頓，皺起秀氣的眉毛，「但我想跟他交往。」

「妳在說什麼？既然不喜歡他，怎麼會想跟他交往？」

「跟一個人交往就是喜歡他嗎？」荏苒不解。

「妳是不是智商有點問題？」薛姍姍翻了翻白眼，用力把荏苒拉回房內，荏苒懷裡的衣服還因此掉了幾件。

「我只是一時無法理解『喜歡』的定義，『喜歡』好像可以有好幾重解釋。」荏苒坦白說出心中的疑惑。

永平人之間依然存在著「戀愛」關係，也會與喜歡的對象交往，然而荏苒有時候會覺得這樣的喜歡，跟對朋友和對老師的喜歡，好像都是一樣的。

也許永平人最喜歡的是人類的未來，再來就是自己。

「喜歡本來就有很多重解釋，如果提到『愛』，那又更不一樣了。」薛姍姍沒想到荏苒都已經是大學生了，卻連這種事都不懂，「說眞的，妳是不是智商有點問題？」

「我智商沒問題。」荏苒敲了敲腦袋，植入其中的晶片只提供她身處西元該具備的知識，但不包括對於情感的理解，這方面必須得靠她自行領略才行。

「喜歡漂亮的花、可愛的小狗，和喜歡身旁的朋友，這兩種喜歡不太一樣。前者那種喜歡，在情感上是最淺薄的，只是單純覺得小花漂亮、小狗可愛；後者那種喜歡，在情感上更深了一層，會想跟朋友有更多的聯繫或互動。至於喜歡一個男生，談戀愛的那種喜歡，那又是另一種截然不同的情感，會讓妳……」薛姍姍誇張地雙手捧胸，「心裡酸酸痛痛的，妳會時常擔心自己是不是表現得不夠好，起碼不夠好到足以讓對方喜歡上妳，會變得很沒有自信；可是，同時妳也會變得很強大，會願意做很多努力，只希望對方可以多看妳一眼。」

荏苒無法體會那種感覺，卻很羨慕有過那種感覺的薛姍姍，她遲疑地問：「妳喜歡……張析宇？」

薛姍姍差點沒吐血，「我看起來像是喜歡張析宇？」

「因爲張析宇也喜歡妳呀。」

「不是妳喜歡誰，對方就會喜歡妳！」薛姍姍沒好氣地回，「所以才會說戀愛使人傷神呀。」

「那就是李聿融嘍？」

「對，所以我才會問妳是不是喜歡李聿融？」薛姍姍不想拐彎抹角。

「他人很好，開車載我去買東西，回來以後還幫忙組裝家具，我很謝謝他。」

「這聽起來是朋友之間的喜歡，不是愛情！」

荏苒的確不愛李聿融，但她想跟他生小孩呀。

「嗯，但我還是要跟他交往。」不過說出口時，要把「生小孩」這三個字改成「交往」才行，荏苒沒忘記張析宇的交代。

「妳又不喜歡他，爲什麼要跟他交往？」薛姍姍怪叫。

「就是要！」荏苒堅持。

「好吧，反正競爭對手很多，不差妳一個。」薛姍姍覺得心累，和荏苒說話好像會縮減壽命。「我要先說，妳可別做出在李聿融面前脫光衣服的白痴行爲，以前有……」

「脫光衣服，然後生小孩嗎？」荏苒眼睛亮了。

「哈，生什麼小孩，誰要小孩啊！」對現年二十一歲的薛姍姍而言，她的回答很合情合理。

荏苒卻皺眉了，「可是生命的延續不是很重要嗎？」

「是沒錯，但哪個大學生會想要生小孩啊？說實話，就算再過十年，我覺得自己也不是那種會想要生小孩的人。」

薛姍姍這番話令荏苒相當震驚，並且充滿困惑。

「爲什麼？」

「這還用說，養小孩會拉低生活品質啊！我連自己都養不活了，還養什麼小孩？」薛姍姍擺擺手。

「可是西元年間很快將面臨人口老化、生育率降低的問題，後果會很嚴重！」荏苒激動地握住薛姍姍的肩膀，把她嚇得不輕。

「這種事大家都知道，但是自己的生活更重要吧。」薛姍姍甩開荏苒的手，「齁，妳不是才十八歲嗎？這麼想生小孩幹麼？」

「生命的延續非常重要。」荏苒振振有詞。

儘管永平的新生兒都是透過生命機構培育而出，但偶而還是會有少數女性意外懷孕，這些懷孕的女性會前往生命機構進行評估，倘若胎兒基因優良，懷孕的女性便會被帶到第一大陸由專人照料，等生下孩子後，再將孩子送去第二大陸養育成人與接受教育，而該女性則重返第三大陸生活。

倘若胎兒基因有缺陷，生命機構則將協助使用藥物墮胎。以正常情況來推論，每個永平人都擁有優良的基因，理應能孕育出基因優良的下一代，然而也不知道爲什麼，檢測出來的結果，大多數胚胎都是有缺陷的。

所以就荏苒所知，好像沒聽說過有哪個永平女性曾懷孕產子，再加上永平人在年滿十八歲、前往第三大陸定居後，首要之務就是去醫院結紮，反正永平人沒有生育的需求，索性一勞永逸。

「妳的說法好奇怪，怎麼會是爲了延續生命而生小孩？」薛姍姍皺眉。

「不然還有其他原因嗎？」

「不是應該是兩個人彼此相愛，才會想生下小孩嗎？小孩可是愛情的結晶啊！」

荏苒一愣，原來在西元人眼中，生孩子不是爲了延續生命，而是爲了愛？

但她記得以前在課堂上學過，有些西元人會拋棄孩子，或者虐待孩子，如果當初是因爲兩情相悅才生下孩子，那爲什麼不好好照顧他們呢？

西元人還眞是難以理解。

見荏苒抱著衣物站在原地出神，薛姍姍無奈地搖搖頭，「算了，不討論這個了，妳快去洗衣服，等一下還得再洗一批。」

荏苒彎腰撿起先前掉落在地上的衣物，思緒依然繞著方才的話題打轉。

愛一個人是什麼樣的情感？永平人有誰在愛著一個人嗎？

大家愛著的，都是人類的永續發展。

「妳和薛姍姍聊了什麼？」張析宇見荏苒神情恍惚地抱著衣服走到陽臺，便拿起放在廚房桌上的洗衣精跟過去，「應該沒再說什麼要跟李聿融生小孩吧？」

「沒有，我記得你交代的，不能說『生小孩』，要說『交往』。」荏苒將衣物扔進洗衣槽，接過張析宇手上的洗衣精，熟練地往洗衣槽裡倒了一瓶蓋，這點生活常識她已經透過腦中的晶片習得。「姍姍說了很奇怪的話。」

「什麼話？」

「她說生孩子不是爲了延續人類的生命，而是因爲兩個相愛的人想要擁有共同的愛情結晶。」

「我的天啊，妳不是說沒和她提生小孩的事？」張析宇驚恐地抓著頭髮。

「我沒說我要跟李聿融生小孩呀，只是討論了生小孩這個話題。」荏苒噘起嘴巴，覺得有些冤枉。

「妳眞的是……」張析宇原本想叨念她幾句，卻在想起荏苒之所以執著於生小孩的背後原因後，不忍再多言，只能拍拍荏苒的背作爲安慰。「薛姍姍說的話哪裡有問題了？我之前不也說過類似的話？」

「因爲……」荏苒依照晶片裡的教學步驟，順利啟動洗衣機，「這種事在永平根本不可能發生。」

「爲什麼不可能？」

荏苒向張析宇大略講述永平的社會背景與價值觀，張析宇耐心聆聽，爲荏苒如此全面細致的幻想大感驚嘆，甚至覺得她可以考慮把這些寫成小說，但他不能這麼跟她說，他不能調侃這樣一個受到心理創傷而沉浸於幻想世界的可憐女孩。

於是張析宇在仔細考慮過後，緩緩答道：「也許正是因爲永平人不用親自生育和養育孩子，沒有家庭的觀念，也沒有情感上的連結與羈絆，才使得永平人的情感變得日趨淡薄。達爾文的演化論不也說了，不需要的東西會隨著演化逐漸消失，永平人之所以缺乏對情感的感受能力，除了經年累月的基因改造外，也可能是因爲永平人也認爲自己不需要感知情感，才導致如此。」

「來到西元後，我不只一次想過永平人爲何會變成這樣。」荏苒轉過頭看他，「但是無庸置疑，那樣的永平，是史上最和平安定的年代，沒有戰爭，也沒有犯罪行爲。」

「很好啊，那樣的未來確實很棒。」張析宇輕輕扯動嘴角，「只是說這就跟從『燦爛花火燃燒一瞬間』，以及『細水長流卻一路風景不變』兩種景色裡做選擇一樣。」

「細水長流很好。」

「我沒說不好，只是有時候，重要的不是長度，而是深度。」

「噗，在講什麼長度深度的，好色喔。」李聿融突然出現在陽臺門邊，不懷好意地偷笑。

荏苒愣住了。

「別亂講。」張析宇嚇了一跳，「你什麼時候來的？」

「就你說什麼長度深度的時候啊。」

從李聿融那曖昧的笑容看來，張析宇研判他應該沒聽到荏苒前面那些關於永平的敘述。

「外送來嘍！」

此時薛姍姍在客廳放聲大喊，三人便放下這個話題，回到客廳大快朵頤。

吃飽喝足，荏苒坐在客廳往窗外看，城市的夜空明明光害嚴重，卻仍然可見星光閃爍，而且星光……還會移動！

她又驚又喜，以爲那是流星，薛姍姍翻了個誇張的大白眼，不耐煩地解釋：「那是飛機啦！」

飛機！又是一個只在課堂上聽過的東西。

由於過去長年的戰爭與地球反撲所造成的大量天災，地球的大氣層產生了劇烈的變化，天空的亂流十分嚴重且難以預測，非常不利於飛行，導致永平往來三大陸的交通工具只能仰賴船艦。

望著窗外那幕景色，手上拿著一罐冰啤酒的荏苒忽然覺得，比起永平，她離西元更近。

不是因爲她現在身處西元，而是因爲身邊這群人。

「妳還特地拿過來給我，太客氣了啦！」張品庭訝異地看著站在自家門口的荏苒，比起初次見面那時，此刻的荏苒顯得「正常」許多。

她穿著貼身上衣和吊帶褲，頭髮綁成兩條辮子，還背著一個頗具文青風的設計款帆布包，這讓張品庭很是訝異。

這身衣服是薛姍姍在購買當下就幫荏苒搭配好的。早上站在掛滿衣服的衣櫃前，荏苒不自覺嘴角翹起，一連對著鏡子試穿了好幾套衣服，最後才決定以這身裝扮出門。

「謝謝姊姊借我衣服，幫了我大忙。」荏苒還帶了一盒蛋糕上門，「這盒蛋糕是要答謝姊姊對我的照顧，我那天講了很多不得體的話，還請妳見諒。」

「唉唷，妳怎麼這麼可愛啦，怎麼會有這麼懂禮數的小女孩？」張品庭心花怒放，這家店的蛋糕十分有名，她早就想吃吃看了。她拉著荏苒進到屋裡，「我們一起吃蛋糕吧，我爸媽出去了，我一個人在家正無聊呢。」

「叔叔阿姨去哪了？」荏苒再次走進這個處處令人感受到溫暖的空間。屋內裝潢與家具都選用暖色系，陽光從陽臺的落地窗透照進來，恰到好處地灑落在角落，陽臺上擺著一列看得出經人細心照料的盆栽。

「他們去上班了。」張品庭心情愉悅，一面哼歌，一面打開蛋糕紙盒。

「姊姊不用上班嗎？」

荏苒的提問直接戳中張品庭的痛處，她頓時動作一僵。

「啊……我待業中啦。」張品庭乾笑，切好兩片蛋糕，分盛到小盤子上，「荏苒今天不用上課嗎？」

上課……對耶！居然忘了這件事！所以荏苒也乾笑，「嘿嘿。」

「蹺課齁！眞是懷念，我以前大學也時常蹺課呢。」張品庭叉起蛋糕上的草莓送進嘴裡，輕輕一咬，草莓鮮甜的汁液在口中流淌。「哇！好甜、好好吃，這家店果然名不虛傳，選用的草莓超高級的！」

「姊姊大學念什麼科系？」

「時尚美妝設計系。」

「是在學化妝嗎？」

「沒錯，不是我在吹牛，我可是很厲害的喔！要是講出我幫哪些藝人做過造型，妳會嚇死！」提起自己擅長的領域，張品庭語氣中流露出絕對的自信。

「感覺姊姊很喜歡這份工作耶，那爲什麼不做了？」

這句話讓張品庭的臉垮了下來，但她很快又打起精神吃了一口蛋糕，「荏苒，妳再不快點吃，小心我等一下連妳的份一起吃掉。」

「沒關係，那就給姊姊吃。」荏苒的回應讓張品庭很沒勁。

「不能這樣啦，食物就是要有人搶才好吃，妳這樣大方地拱手讓人，會讓對方覺得太容易到手，就會不珍惜喔。」張品庭煞有介事地教育她，還用叉子叉起一小塊蛋糕，送到荏苒嘴邊。

荏苒咬下叉子上的蛋糕，細細品味，果然好吃極了，她在永平沒吃過這麼好吃的點心。永平的食物在口味和種類上向來沒有太多變化，對永平人來說，食物美味與否不是重點，重點只在於食物能夠轉換為供人類存活下去的能量。

「眞的好好吃。」荏苒露出可愛的笑容，令張品庭心中一動。

「哇，其實妳長得很可愛耶，居然連我都被妳電到了，析宇那臭小子應該更承受不了。」張品庭的八卦慾望蠢蠢欲動，「荏苒，妳和析宇那小子，眞的沒有在交往？」

「交往」等於「生孩子」。

荏苒是個好學生，再次記起張析宇的囑咐。

「我想要和李聿融交往。」所以她立刻這樣回答。

「李聿融……啊，析宇那個輕浮的帥哥朋友！我可以理解小女生為什麼會被他吸引啦，不過，我們家析宇絕對會是妳更好的選擇喔。」張品庭極力推銷自己那個從來沒交過女友的弟弟。

「但是張析宇有喜歡的人了。」荏苒完全沒有要幫張析宇留點隱私的意思。

「我想想……該不會是薛姍姍吧？」張品庭曾經在張析宇的臉書上見過薛姍姍的照片，那時她就覺得薛姍姍看起來是張析宇可能會喜歡的類型，同時也是張析宇無法應付的類型。

容貌美豔，身材高䠷，這樣的女生通常身邊站的都會是李聿融那種男生。

「姊姊好厲害唷，就是姍姍沒錯。」

「姍姍？妳也認識她嗎？」

「嗯，姍姍人很好，還幫我挑衣服。」

「看不出她這麼友善。」張品庭有些意外。

吃完蛋糕後，兩人繼續坐在沙發上閒聊，窗外驀地吹進一陣風，吹拂起荏苒的髮絲，陽光也為她線條柔美的側臉鍍上一層金邊，讓張品庭一時看傻了眼。

看著荏苒素淨美好的臉蛋，張品庭心中湧現出一股久違的情緒，她握住荏苒的手，語氣誠摯：「荏苒，我幫妳化妝好嗎？」

「化妝？我從來沒有化過妝。」在永平，沒有人會化妝，甚至不存在著化妝這件事。

「妳沒上過口紅嗎？隔離霜呢？妳什麼化妝品都沒用過？」

見荏苒接連搖頭，張品庭覺得很不可思議，同時也興奮無比，荏苒簡直是一塊未經雕琢的璞玉，她的臉型和膚質都很好，五官也很精緻。

「我一定會把妳妝化得很漂亮，相信我！」張品庭拍胸補保證，而荏苒也躍躍欲試。

於是張品庭拉著荏苒來到她的房間，要荏苒坐在化妝臺前。上次來的時候沒有留心，這次荏苒才發現，化妝鏡的兩旁竟然各鑲著一排小燈泡。張品庭按下開關，兩排小燈泡立即亮起。

「妳皮膚眞的很好，又白又嫩，幾乎看不到毛孔，眞令人嫉妒。」張品庭將化妝水倒在化妝棉上，利用中指及無名指夾住化妝棉，輕輕拍打荏苒的臉頰。

「妳在做什麼？」荏苒一驚。

「妳連化妝水都沒塗過？完全沒保養皮膚還這麼好，上天眞是不公平！」張品庭忍不住抱怨，但也更期待荏苒完妝後的成果了。

爲荏苒做完臉部肌膚的基礎保養後，張品庭用了三種粉底液，調出適合荏苒膚色的基底，再用刷具將其均勻塗抹在她吹彈可破的肌膚上。

刷具刷在臉上的觸感癢癢的，鼻間同時嗅聞到粉底液淡淡的香氣，這讓荏苒心中升起一股奇妙的感覺，既陌生卻又令她充滿期待，就如同稍早她在家裡試穿新衣服的心情一樣，

「妳膚色很白，暖色系的眼影應該會很適合妳。」張品庭打開好幾盒眼影，最大的那盒居然有三十幾種顏色，放在桌面上一字排開，陣勢很是壯觀。

「妳的工具好齊全呀。」

「畢竟我曾經靠這個吃飯。妳先閉上眼睛，我要幫妳上眼影了。」張品庭語帶驕傲，卻也隱含著一絲失落。

張品庭用眼影刷沾取些許亮粉，輕輕劃過荏苒的眼皮，再抹上淺粉紅色眼影，並以桃色眼影刷在雙眼皮的內層，接著畫上黑色眼線。荏苒的眉型好看到無須修飾，張品庭只上了點配合髮色的眉粉，最後再替她畫上睫毛膏與口紅。

「哇，我眞佩服我自己！」張品庭得意洋洋，示意荏苒張開眼睛。

荏苒對著鏡子左顧右盼，不敢置信：「這是我？」

「化妝品的威力很強大吧！妳本來底子就好，化妝之後更美，這種清新自然的淡妝很適合妳。」張品庭滿意地審視自己的作品。

荏苒算是很好處理的對象，過去張品庭的客戶多是藝人、社交名媛等公眾人物，不僅得因應戲劇拍攝、平面拍攝、出席典禮等各式場合調整妝容表現，再加上藝人多半時常熬夜，作息日夜顚倒，導致膚況不佳，需要進行大量的修飾，每次張品庭都得施展渾身解數，才能讓客戶擁有完美無瑕的妝容。

儘管這份工作頗爲辛苦，極具挑戰性，但張品庭很喜歡那種爲喜愛的工作投注心力的感覺，忙碌之餘，她也還不忘抽空自我進修。她曾經以爲，美妝造型師將會是她一輩子從事的職業，更甚至夢想未來能到國外深造或任職。

然而美妝界很小，小到只要她走錯一步，就再也回不去了。

「謝謝姊姊，妳把我化得好漂亮。」荏苒很開心。

「不客氣，身爲女人就是要打扮！妳說妳從來沒有化過妝，我是覺得這樣有點可惜啦，把自己打扮得漂漂亮亮的，看著也心情好呀！」張品庭認爲，化妝是讓女人增加自信心的一種強而有力的方式。

「對了，荏苒，既然妳沒化過妝，表示妳也沒有化妝品，對吧？」

「嗯，我昨天也沒想到要買。」

張品庭眼睛亮了起來，「那我們現在去買化妝品好嗎？」

「好啊！」荏苒想也沒想便答應，兩個女人立刻急匆匆地前往百貨公司。

搭捷運時，荏苒才忽然想到，自己該做的應該是盡快和李聿融培養感情，而不是悠閒地採買化妝品。

「姊姊，妳談過戀愛嗎？」

「當然！只是不是現在進行式，我目前工作待業中，連戀愛也是待業中。」張品庭自嘲。

「女生要怎樣才能讓一個男生對自己產生好感？」荏苒虛心求教，與其問張析宇那個從未交過女友的男生，不如請教同爲女性且談過戀愛的張品庭。

「妳是在問要怎麼讓李聿融那個臭小子對妳產生好感啊。」張品庭只見過李聿融幾次，印象中他講話痞痞的，不是很正經，她一開始不是很喜歡他，直到旁觀過幾次他與自家弟弟的相處過程，又覺得這人心地其實挺善良的。

「通常一定會先看外表，如果對方長相順眼、是自己的菜，就會開始在意，經由一段時間相處後，倘若個性、價值觀都契合，就會更加喜歡對方；倘若個性、價值觀都不怎麼契合，最初的好感很可能就會淡去。啊，不過要是對方帥到一個程度，他身上所有缺點都能被忽略不計，那樣就沒差了。」張品庭說完哈哈大笑，而這個有些膚淺的結論引來車廂其他乘客的側目。

「那我應該要把自己打扮得很漂亮？讓他對我產生興趣？」荏苒很快抓到重點。

「讓自己看起來乾淨順眼是第一要件，但最重要的，還是要多和他相處。我建議妳可以先加他臉書或是IG好友，然後找找妳和他的共同興趣。」張品庭拉著荏苒的手走出捷運車廂，踏上一旁的手扶梯，「妳不是和析宇他們念同一所大學嗎？雖然年級科系不同，但畢竟同校，也可以透過大學裡的活動或通識課程拉近距離。」

「原來要一個人喜歡自己這麼困難喔？」荏苒還以爲只要找到合適的對象，便能輕易完成任務

「本來就很難！戀愛講究天時地利人和，有時候妳喜歡他，但是他不喜歡妳，過

了幾年，他喜歡上妳了，妳卻已經不喜歡他了。」

「爲什麼會這樣？」

「哪有爲什麼，這就是人生啊！本來就有很多事是不管妳多麼努力，都得不到回報的，或者得到回報的時機點太晚，晚到妳不再需要那些回報。我們能做的就只有學著釋懷，並且接受。」張品庭覺得自己說出了至理名言，心下頗爲洋洋自得。

眞是複雜，荏苒暗忖看來自己還有得學了。

隨後張品庭推薦了幾本愛情小說和幾部戲劇給荏苒，說是學習愛情的課外教材，卻又笑著補上一句：「不過等妳看完之後，可能會覺得愛情更難懂了。」

雖然不是第一次去百貨公司，荏苒依然爲琳琅滿目的商品感到眼花撩亂，正不知該如何是好時，張品庭已經如識途老馬般拿了一本DM，低頭研究了起來。

「剛好現在有滿千送百的優惠活動！」張品庭迫不及待地拉著荏苒往某個化妝品專櫃走去。

荏苒注意到，無論是張品庭還是薛姍姍，都會很自然地挽著她的手，也說不出爲什麼，僅僅是這樣的肢體接觸，就會讓荏苒覺得很高興。

在張品庭的推薦下，荏苒買下了一整套化妝品。結帳時，她很是驚訝，這套化妝品的要價，居然和她那天買下的那一大批生活用品差不多。

壯。

「就知道女人多辛苦了，臺灣的經濟就是靠我們撐起來的！」張品庭說得理直氣壯。

「嘿！品庭姊！妳好久沒來了。」

當她們經過另一個化妝品專櫃時，一個打扮時髦的彩妝師冷不防衝過來向張品庭打招呼，語氣充滿意外的欣喜。

「欸？香香，好久不見！」張品庭也迎上前，兩個人開心地雙手交握。

這幕畫面也讓荏苒覺得新奇，難道西元人在所有場合都習慣肢體接觸嗎？

「這是這次週年慶檔期的第八場活動了，我快累死了！」香香的妝容精緻完美，身上有著好聞的香味，她一邊抱怨，一邊指向搭建在專櫃旁邊的迷你舞臺。

「辛苦妳了，最近過得怎樣？」

「不錯呀！最近我又學到了一種上底妝的新技巧，不過品庭姊，怎麼這陣子都沒在課堂上遇過妳呀？」香香滿臉疑惑。

張品庭尷尬地扯動嘴角，「暫時想休息一陣子。」

「欸？品庭姊不是一直都很拚嗎？居然會說出想休息這種話。」香香若有所思，「是不是因爲『那個人』？」

「妳聽到什麼了嗎？」張品庭臉上閃過一抹藏不住的驚慌。

「是沒有啦，只是之前妳不是跟我提過『那個人』的事嗎？所以我才在猜會不會是……」香香聳聳肩。

「不是啦，妳別多想。對了，妳很不錯嘛，已經可以獨當一面了。」張品庭瞄了眼一旁的舞臺，主持人正準備開場。

「是啊……」香香笑了笑，忽然心念一轉，「品庭姊，妳要不要也上臺試試？」

「當model嗎？我才不要……」

「不是啦，我們一起幫客人化妝呀。」

以往礙於合作的對象大都是藝人與名媛，張品庭比較不傾向在工作以外的場合進行梳化，如今她算是脫離了業界，自然不再受此束縛。

但她還是有些遲疑，「可是……」

「就當作是玩一下，妳不想練練手嗎？」香香慫恿。

張品庭確實頗爲心動，尤其在她今天幫荏苒化過妝後，她更加確認自己對於這份工作的熱愛，可要是她站上臺後，被業界的朋友看到怎麼辦？或者應該說，要是她無法重操舊業，這不是讓她更痛苦嗎？

「謝謝妳，香香。這是妳的場子，我還是不要攪和比較好。」張品庭理解對方是一片好意，但她已經不起再次受到傷害。

「那好吧，品庭姊，妳好好休息，我等妳回來，再教我更多技巧。」香香說完，檢查過掛在腰間的梳化工具，笑容滿面地步上舞臺。

荏苒和張品庭提著一大袋化妝品離開百貨公司，張品庭明顯變得鬱鬱寡歡，完全沒了先前的興致盎然。

在與荏苒各自返家前，張品庭對荏苒說，只要是任何與化妝相關的問題都可以問她，畢竟她可是專業人士出身。

看著張品庭每次提及自己的工作，總是神情複雜，欲言又止，荏苒不由得想，要是她能讓張品庭重返美妝界，是不是就等於幫助一個人找到人生目標？

這樣應該能算是完成文妲額外指派下來的第一個任務吧？

第五章　重新拾起曾經的希望

荏苒很快就打定主意，選中張品庭成爲她第一個任務的目標。

爲此她還打電話給傅采茜，詢問此舉是否可行，對方在電話那頭愣了幾秒，緩緩答道：「妳自己決定就好，別忘了要把每天發生的事情，口述記錄在手環裡。」

「當然，我每天都這麼做。」

每晚睡前，荏苒一定會對著手環將一整天發生的事鉅細靡遺地講述過一遍，甚至連她與其他人的對話內容，只要她還記得，也會一併複述。

「還有，別忘了去上學。」傅采茜叮嚀。

「我在西元的大學能學到什麼？永平的知識水準早就超越西元了。」荏苒不解。

「妳能學到很多妳沒想過的東西，在某些事情上，永平遠遠不及西元。」傅采茜說完，表示自己要去準備錄製節目了，兩人草草結束通話。

雖然與傅采茜聯絡的次數不算多，但荏苒隱約能感覺到，傅采茜挺喜歡西元的生活，如同自己一樣。

其實荏苒並不排斥去學校，於是她興沖沖地準備了所需要的物品，像是筆記本、筆袋，並依照學校給的書單買好課本，一同放進包包裡，這一連串過程，爲她帶來一種既復古又新鮮的趣味。

荏苒忽然想起還需要添購一個隨身水壺，匆忙拎著錢包出門。

她才剛走出巷口，一個身穿國中制服的女孩便迎面撞了上來，對方收勢不及，一屁股跌坐在地上。

「對不起！妳還好嗎？」荏苒出聲道歉，伸手想要扶女孩站起，意外瞥見女孩纖細的手腕上有著許多道深深淺淺的傷痕，「這些傷是……」

話還沒說完，女孩立即敏捷地跳起，轉身朝反方向跑開，荏苒甚至連她的臉都沒看清楚。

「這女生還眞奇怪，不過我居然會反射性地向她道歉，還上前扶起她，如果是在永平，應該沒人會這麼做吧？如果是其他的永平人……例如莉芙，要是她來到這裡，也會被西元人感染，變得熱心助人嗎？」荏苒望著女孩遠去的背影自言自語。

到底是基因改造變異的緣故，還是後天環境使然，才會使得永平人的情感日趨淡薄呢？荏苒想著，等她回到永平後，一定要找機會跟文姮討論這個問題。

★

在學術研究上，明生大學不算是一所頂尖的學校，不過校內的系上活動與社團活動倒是非常蓬勃興盛。

晚了班上同學一個多月入學的茌苒，坐在教室裡好奇地東張西望，只見班上同學早已形成各自的小圈圈，熟絡地有說有笑。此時大家正在討論園遊會要設置什麼樣的攤位，班代還強硬地要求每個人都得輪流一個個站起來提供意見。

對於從未參加過園遊會的茌苒來說，她還眞不知道自己能提供哪門子有用的意見。

「差點忘了告訴大家，班上有轉學生喔。」

輪到茌苒站起來時，懶洋洋地坐在角落的年輕男老師才像是忽然想起有轉學生這件事，要茌苒趁這個機會自我介紹。

「我是傅茌苒，大家好。」茌苒簡單地介紹自己。

「茌苒，這名字好文藝啊。」班代說完立即切回正題，「那茌苒，妳說一個園遊會可以設的攤位吧。」

「我不知道要設什麼攤位。」茌苒老實答道。

「不能說不知道，一定要提一個，給妳一點時間想，等一下再換妳說。」班代態度強硬。

「哎呀，班代眞是太認眞了。」年輕男老師慢悠悠地打岔。

茌苒忍不住多看了這位年輕男老師幾眼，與其說他說話慢悠悠，不如說是漫不經心。

年輕男老師起身走到荏苒身旁的空位坐下，對荏苒露出笑容，「荏苒，很抱歉沒有在班會一開始就介紹妳，不過妳不是上個星期就該來上課了嗎？」

「眞的很不好意思……」荏苒囁嚅道。

「我叫趙恩洸，智商有點高，所以大學跳級，畢業後很快進入大學任教，年紀只快奔三，但還是要叫我老師喔。」趙恩洸一頭淡褐色的鬈髮蓬鬆柔軟，眼尾有顆淚痣，微笑時臥蠶會微微浮起。

「千萬別因爲老師溫柔就喜歡上他喔，趙老師那些溫柔的話語與溫柔的舉動，讓很多人心生誤會，還向他告白，最後落得被拒絕，實在很可憐呢。」坐在前座的女生轉過頭對荏苒說，語帶調侃之餘，也隱含忠告。

「別這麼說，是妳們不該把成年男性在職場上的溫柔當眞啊！」趙恩洸慵懶地笑了。

「天啊，聽聽這是什麼渣回應！」女同學翻了翻白眼，表情卻沒有太多不悅。

「荏苒，妳擅長哪一種妝容？」趙恩洸問。

「我什麼都不擅長。」荏苒再次老實答道。

趙恩洸又笑了，「什麼都不擅長怎麼可能考得上我們這個科系？」

這時荏苒才會意過來，她就讀的是美妝設計系。傅采茜在想什麼？永平根本不存在化妝這件事，怎麼會把她安插進這樣一個科系？還是就是想讓她學一些之前沒學過的東西？

「應該說，我沒有特別擅長的妝容，只是每一種都會一點。」荏苒改口。

「但我看妳臉上的妝化得還不錯啊。」趙恩洸不置可否地說，這讓荏苒忽然靈光乍現，想起先前張品庭幫她做的「改造」。

「好了，全班都講完了，新來的，換妳了！」班代沒有忘記荏苒還沒提案。

「既然我們是美妝設計系，不然就來辦個改造大作戰？」荏苒振振有詞，「幫顧客化妝、做造型，既能讓客人開心，我們也可以藉機練習。」

聞言，班上同學紛紛點頭如搗蒜。

「新來的，妳很不錯啊！」

班代滿意地拍手，全班跟著響起一片熱烈的掌聲，荏苒不由得有點驕傲。

一整天的課程結束後，荏苒背起包包準備回家，遠遠就看見薛姍姍站在校門旁邊，荏苒本想出聲喊她，卻發現她正在與張析宇交談，便決定不過去打擾，暗暗祝福他們兩人的戀情能進展順利。

雖說薛姍姍喜歡的是李聿融，可是張析宇喜歡薛姍姍呀，加上自己打算和李聿融生孩子，所以目前荏苒傾向促成薛姍姍和張析宇在一起……

等等，難道這就是第二個任務？湊合一對情侶！

她只要想辦法讓薛姍姍和張析宇交往，這樣就能完成第二個任務了！

張析宇果然是她的貴人，他和他姊姊張品庭就包辦兩個任務的人選了，眞是太好了！

「妳在這邊偷笑什麼？」李聿融背著後背包，冷不防出現在荏苒身畔，他順著荏苒的視線看過去，壞笑著說：「妳在偷看姍姍和析宇啊，眞難得他們兩個會私下單獨說話。」

「我希望他們能在一起。」荏苒由衷道。

「嗯，我希望析宇能有個更正經的交往對象，例如妳。」李聿融挑眉。

「可是我想和你交往。」荏苒天眞地說，不忘對他眨眨眼睛。

「欸？」李聿融一愣，「妳又喝醉了？」

「不是啊，我是眞的這麼想。」荏苒注意到李聿融往後退了一步，表情也變了。

「我啊，不太想跟對我有意思的女生當朋友，所以……」李聿融聳聳肩，逕自往校門口走去。

荏苒看著他的背影，想著自己是不是又說錯話了？她這次明明沒有提到生孩子，怎麼這樣也不行？而且她今天穿得很好看，也有化妝，按照張品庭的說法，李聿融不該是這種反應。

於是她馬上打電話給張品庭求助，在家閒得沒事的張品庭，馬上和荏苒相約共進晚餐，說要邊吃邊聊。

鮮美的五花肉塊在烤盤上滋滋作響，傳來的肉香令人食指大動，服務生將烤好的五花肉剪成一口大小，放進兩人的盤中。

「肉烤到這個程度就差不多了，可以吃了。」服務生燦爛一笑，露出兩排潔白的牙齒，看得張品庭如痴如醉。

「品庭姊，這肉也太好吃了吧！」荏苒驚呼連連，自從來到西元後，她幾乎餐餐都能被食物給驚豔。

「我選這家店的最大原因，不外乎就是東西好吃，然後服務生又帥，味覺和視覺都能被滿足。」

「嗯嗯！」荏苒吃得狼吞虎嚥。

「回歸正題，妳想要別人喜歡妳，除了透過外表吸引對方，也要讓對方感受到妳的內涵才行。不過，後者需要時間，所以妳千萬別讓對方產生馬上就想離妳而去的理由，例如讓他知道妳喜歡他。」張品庭對於荏苒開門見山就跟李聿融說她想跟他交往一事頗有微辭，「感情是要慢慢培養的，懂嗎？」

「不懂。」

「齁！我叫妳看的那些小說和戲劇，妳看了沒？」她把烤好的肉夾給荏苒。

「有看了幾本小說。」荏苒大口吃下，天啊，怎麼可以這麼好吃啊！以後回永平吃不到怎麼辦？

「那妳想想，在小說最初始的時候，妳對所有的角色都還沒有感情，並不會因爲主角的遭遇心痛或心動，可是隨著故事進行，妳會漸漸對主角產生感情，會希望她能夠幸福快樂，當她遭遇不好的事，妳的心也會揪成一團。」張品庭搖搖手指，「同理，想要別人喜歡上妳，妳不覺得也要經歷相似的過程嗎？至少妳要先成爲他的朋友，讓他漸漸對妳產生感情，這樣他才可能喜歡上妳啊！」

雖然張品庭講得頭頭是道，但荏苒在書上看過一個論調——只要一開始被放在朋友的位置，就可能永遠都是朋友了。

「唉唷！那要看人啦！」張品庭反駁，「我聽析宇說，李聿融是那種只要別人說喜歡他，他就會退縮的類型？像這種人，就一定要跟他從朋友開始做起。」

「原來如此……」荏苒好像融會貫通了什麼，若有所思道：「所以家人也是這樣嘍？」

「什麼？」

「經過長時間朝夕相伴，才會成爲無法割捨的羈絆？」

「哦，是呀，家人確實是很特別的存在。即便我每天都會揍析宇，但是無論發生任何事，我都會站在他那邊。」張品庭搖頭，「這就是孽緣呀。」

「那爲什麼還會有手足相殘、父母弒子，或孩子殺害父母這種慘劇發生？」

「每個家庭都有各自的問題，畢竟世界上的人百百種。」張品庭嘆了口氣。

這段談話讓荏苒再次想起永平。

就是因爲這樣，永平才會統一由生命機構和學校養育孩子，除去眾多潛在的危險因素，不讓家庭悲劇上演，也不讓社會因此產生動盪不安的可能。

可這樣的永平，同時也失去了很重要的東西，永平人已經不懂得人與人之間那些難以割捨的情感，也漸漸不懂得所謂的「愛」。

「人的情感是很複雜的，即便理智上知道該怎麼做，卻還是無法做到。就像很多時候，當妳遭遇某些不公不平的對待時，妳知道那些沉默的大眾沒有義務幫妳，他們選擇明哲保身也情有可原，但妳還是會希望有人可以像家人一樣無條件地幫助妳，站在妳這邊。」張品庭不知道想到了什麼，雙目的焦距落向遠處。

「品庭姊，這幾天相處下來，我感覺妳還是很喜歡美妝相關工作，爲什麼會離開美妝界呢？」

張品庭嘴角輕輕一扯，「就是不想做了。」

「品庭姊，妳幫了我很多忙，我也想幫妳分擔一些煩惱，雖然我可能幫不上太多忙，但是如果妳願意跟我說說，我會很高興的。」

荏苒也在書上看過另一個論調：在某些情況下，有些話反而無法對最親密的人說出口，妳會怕對方無法接受，怕對方失望，又或者怕對方爲妳擔心，所以妳說不出口，隱忍在心裡，但是當對方得知眞相時，對方會湧上強烈的自責，責備自己爲何沒能在妳最需要幫助的時刻，聽見妳無聲的吶喊。

「荏苒，謝謝妳。」張品庭非常感動，也覺得確實想找個人傾吐心中的委屈。「任何領域都會有位居高位者，那個人已然習慣所有人對他的崇拜與唯命是從，而權力會讓人迷失，一旦有人挺身反抗他，那個人便會將反抗者趕盡殺絕。」

「品庭姊惹到那個人了嗎？」

她聳聳肩，「就算事情再發生一次，我還是會那麼做。我難過的是，我的反抗明明是對的，卻沒有人爲我說話，更遑論站在我這邊。圈內的朋友都勸我，只要牙一咬，忍一下就過了，但我就是做不到，我努力學習美妝，成爲造型師，不是爲了要受到那種不堪的對待。」

見張品庭說到後來，身軀竟隱隱打顫，荏苒忍不住手伸過去想握住她的手，卻不愼被炙熱的烤盤燙到，荏苒痛得驚呼一聲。

張品庭連忙拿起一旁的濕紙巾遞給她，要她敷在手上，「小笨蛋，會不會很痛？痛的話趕快去廁所沖水。」

「品庭姊，我念的是美妝設計系。」荏苒腦中忽然閃過一個想法，她沒有理會手指輕微的刺痛感，只定定地看著張品庭問：「學校園遊會那天，我們班要幫顧客梳妝打扮，妳也知道我化妝技術不好，妳願意教我嗎？」

「欸？妳從來沒化過妝，大學還念美妝設計系？」張品庭大爲傻眼，「我當然願意教妳，而且妳買了這麼多化妝品，不好好運用也是浪費。」

「然後我還想請品庭姊當天過來支援，能有專業的彩妝師坐鎭，必定能吸引更多顧客上門。」荏苒滿臉誠懇，「這是正式的工作邀約，我們會支付品庭姊一筆費用，還請妳報價。」

「欸？這樣啊……」對於這個出乎意料的提議，張品庭既心動又猶豫，她懷念大學生活，也確實想爲人梳化，但是……

「不要猶豫了，品庭姊，而且我需要妳幫我打扮得超級漂亮，好讓李聿融爲我心動呀。」荏苒覺得自己好像吃了什麼提昇說服技能的藥，攻勢一波接一波，語氣裡還帶著些許撒嬌的意味。

荏苒很清楚班上不會有多餘的經費支付張品庭報酬，但這不是問題，傅采茜給的那筆錢非常充裕，她完全可以私下自掏腰包。

「那……好吧，我是看在荏苒的面子上才答應的，因爲我很喜歡妳。」張品庭被荏苒的熱忱和誠意打動。

「是什麼樣的喜歡？」

「像是妹妹一樣的喜歡。」張品庭笑著捏了捏她的臉蛋。

荏苒不好意思地笑了起來，原來被別人喜歡的感覺，竟是這麼溫暖。

★

晚上回到家，荏苒來到陽臺上對著手環講述一整天下來發生的所有大小事，包括她大學念的是美妝系、有些奇怪的趙恩洸老師，還有和張品庭因爲美妝系而有了更多的話題。

同時，她回想起薛姍姍和張析宇在校門口交談的那幕畫面，忍不住想傳訊息問張析宇他們聊了些什麼，只是她拿起手機打了幾個字又倏地停下，暗想自己爲什麼要問他這個？於是她放下手機，轉而繼續對著手環叨叨絮絮。

「對了，在品庭姊的協助下，我辦了臉書和IG帳號，發表的第一篇貼文是我和品庭姊在燒肉店的合照。仔細想想，我在永平從來沒和莉芙合照過。這麼久沒見面，莉芙會想我嗎？她現在過得怎麼樣？在我來到這裡之後，我忽然對一件事產生了質疑，就是我和莉芙……等等，那是誰？」荏苒瞇起眼睛，注意到樓下巷口有個人正仰頭往自己這個方向看來。

荏苒很快認出，對方就是那個曾經被自己撞倒在地上的神祕女孩。

依然身穿國中制服的女孩似乎察覺到荏苒的目光，警覺地轉身逃開。

「奇怪，有個女孩站在巷口看著我住的這棟大樓，而且看的好像還是我住的這層。」荏苒把這件事也對著手環記錄下來。

接下來的日子裡，荏苒時常和張品庭碰面，大多數時候都是張品庭過來荏苒的住處教她化妝。聰穎的荏苒很快抓到訣竅，先前她在永平的課堂上，多多少少看過一些西元時期的流行趨勢，導致她繪製的妝容帶著些許前衛感，讓張品庭非常驚訝，誤以爲荏苒在這方面天分出眾。

「我剛剛在巷口看到一個奇怪的國中生。」傍晚，張品庭帶著兩人份的晚餐來到荏苒家裡，「她一直盯著妳住的這棟大樓看。」

荏苒迅速跑到陽臺往下看，果不其然，她再次瞥見女孩熟悉的身影。

「她好像在看我住的這層樓。」荏苒喃喃道。

「是妳認識的人嗎？」

荏苒搖頭，「不認識，但是看過好幾次。」

「要不要去問問管理員？」

荏苒點點頭，打算改天就去問問。

「對了，妳最近和李聿融有什麼進展嗎？」張品庭在沙發上坐下，開始吃晚餐。

「他還是有點避著我，不過也不會完全不回應我。」

「那就是沒有進展。」張品庭啃了口排骨，「我這邊有兩張電影公關票，是最近很熱門的一部愛情電影，大家都說會爆哭，要不要去轉化一下心情？」

「電影？好呀！」荏苒用力點頭，她來到西元還沒有看過電影呢。

「那我們吃完飯就去。」張品庭說完，兩個人立刻埋頭狼吞虎嚥，十分鐘不到，就各自解決掉一個排骨便當。

荏苒本想趁著出門時，向管理員探詢那個神祕女孩的事，管理員卻不巧剛好離開座位去洗手間，只能暫時作罷。

由於是臨時起意，張品庭怕沒位子，便提議前往某個冷門的小電影院，荏苒沒有意見，很快表示同意。到了電影院劃完位後，張品庭興沖沖地衝去買爆米花，沒事做的荏苒掏出手機傳訊息給張析宇，告訴他自己和張品庭出來看電影。

「妳和她也變得太要好了吧？」張析宇很快回覆。

「我有跟你說我們還一起去百貨公司買過化妝品嗎？」

「完全沒有！這是第一次聽說！什麼情況？」

「晚一點跟你講，差不多要進場了。」

荏苒把手機收進包包，和捧著爆米花的張品庭一同走入放映廳。

儘管放映廳裡的觀眾還不到十個人，推著劇情推展，卻不時聽見低低的啜泣聲輪番響起。

電影播畢後，荏苒紅著眼睛走出放映廳，她一面擦眼淚，一面覺得很不可思議，明明知道電影裡的情節都是虛構的，爲什麼自己還會爲此落淚？

「就說情、情感的堆疊很、很重要了吧。」張品庭抽抽噎噎地說，她哭得妝都花了，「我要去廁所補妝，妳呢？」

「我在這裡等妳就好。」荏苒吸吸鼻子。

她不得不讚嘆西元人說故事的能力，情節跌宕起伏，讓人爲男女主角的遭遇心碎不已。相較之下，永平的電影劇情單調，全都是幸福快樂的結局……見識過西元的電影，荏苒覺得等自己回到永平之後，應該再也提不起勁去看那些千篇一律的無聊電影了。

「可惡，這也太感人了吧。」

荏苒聽見熟悉的聲音在身側不遠處響起，扭頭望去，只見一個長相帥氣的男人正在用衛生紙擤鼻涕，臉上有哭過的痕跡。

「李聿融？」

荏苒脫口喊出男人的名字，對方全身一震，不可置信地迎向荏苒的目光，臉色瞬間刷白，然後他竟拔腿衝進樓梯間。

「好了，我們回去吧。」張品庭從廁所出來，「這部電影超好看的，我覺得我被療癒了……荏苒，妳怎麼了？」

「我剛才……」荏苒想起李聿融難看的臉色，猶豫了一下，改口道：「我肚子好像有點餓了。」

「啊！我也餓了。我知道附近有家很好吃的滷味，我帶妳去！」

張品庭眉飛色舞地拉著荏苒往外走，而荏苒的思緒還沉浸在方才與李聿融的巧遇裡，她怎麼都想不明白，爲什麼李聿融看到她會這麼害怕。

★

每年明生大學的園遊會都能吸引許多校內與校外人士前往。

參與園遊會設攤的系所，大多推出與自家科系特色結合的攤位，客人在玩樂之餘，也能獲得知識。中文系是找錯字比賽，找出一定數量的錯字可以換取獎品；英文系是射飛鏢遊戲，但是必須一邊射飛鏢，一邊背下超長英文單字；日文系則是挑選出許多動畫的著名台詞，要客人模仿。

荏苒班上的攤位已布置完畢，所有同學都化上不同的妝容，有些甚至還認眞做了全身造型，妝髮服裝一併到位，簡直像是在過萬聖節似的。

「哇！荏苒，妳這是扮演血腥伯爵夫人嗎？」趙恩洸一身日本武士打扮，只是腰間的刀換成了彩妝包，稍長的頭髮往後束起，五官也因上妝而顯得更加立體。

「老師的日本武士很帥嘛。」穿著紅色禮服的荏苒，整張臉塗白，盤起長髮，透過眼妝的表現與眉型的調整，散發出一股強烈的肅殺之氣。

「多虧妳的主意，讓我們攤位這麼熱鬧，我剛去看過了，美妝系其他年級的攤位都沒這麼多客人。」趙恩洸點名讚揚荏苒，就連這種時候，他說話的腔調依舊是懶洋洋的。

這些日子以來，透過班上同學的口耳相傳，以及荏苒自己的觀察下得知，儘管趙恩洸身爲導師，但不管問他什麼，他總是要他們自己做決定就好。

「都大學生了，自己作主啦。」趙恩洸很愛用這句話搪塞。

趙恩洸那一貫慵懶的神態，就像是太陽底下酣睡的貓，加上他長得好，即便只是靜靜坐著，都能引得少女心波盪漾。而這樣的趙恩洸在幫人化妝時，卻像是變了一個人，全神貫注，目光銳利，散發出專業的魅力。

生性細心的他，時常特別照顧那些落單的女學生，偶而還會陪等公車，直到女學生有了其他要好的朋友，他才會翩然退場。

儘管流水無意，落花卻容易有情，不少女孩子因此會錯意，一不小心就陷入情網。所以班上同學才會說，趙恩洸是個危險的男人，他的溫柔只是身爲老師的職責，千萬別被他吸引。

「老師看起來好像一副對什麼事都不在乎的樣子，但我知道老師其實很認眞喔。」於是荏苒如此回應趙恩洸的稱讚。雖然班上同學開玩笑地說趙恩洸根本是渣男，但大家都很喜歡這位不端架子的年輕老師。

趙恩洸聳聳肩，臉上微微一紅：「妳轉學過來沒多久，就被那些學生帶壞了啊，還懂得調侃我了。」

喔，對，同學們還說，當趙恩洸掩藏在渣男表象下的另一面被看穿時，他還會害羞地紅起臉來，十分純情。

「荏苒！抱歉，我遲到了！」張品庭拉著行李箱，氣喘吁吁地一路狂奔過來，她並未特別做特殊打扮，僅著貼身的黑長褲與黑襯衫，更顯身材姣好、雙腿修長，一頭長髮整齊挽起，露出一張神采奕奕的臉。

「品庭姊！沒關係。」

荏苒早就和同學們提過張品庭會過來支援，讓荏苒訝異的是，班上有一半的人聽過張品庭的名字，還說張品庭是非常知名的彩妝師。

一聽見張品庭來了，大家紛紛熱情地湧上前自我介紹，張品庭有些受寵若驚，連忙提醒眾人，不可以把客人丟下，必須先回到工作崗位。

這下子，趙恩洸在學生心中的地位立刻被張品庭取代，荏苒忍不住掩嘴偷笑，正想打趣趙恩洸幾句，卻發現他呆站在原地，不可置信地看著張品庭。

「老師，每次問你什麼事，你都說我們自己做決定就好，所以我就沒跟你說，我找了一個認識的姊姊過來幫忙。」茬苒向趙恩洸解釋。

趙恩洸緩緩走向傘下的攤位，停在正忙著將彩妝工具放至桌面的張品庭身畔，張品庭沒有在第一時間察覺他的到來，直到伸手拿取眼影盤時，不小心撞到了他，才抬頭朝他望去，「對不……」

趙恩洸面無表情，只是安靜看著她。

張品庭愣了下，隨即開心地大叫：「趙恩洸！你怎麼會在這裡？」

「欸？你們認識？」茬苒驚訝地插話。

「對呀！他是我大學時代的朋友！」張品庭回答完茬苒的問題，又扭頭看向趙恩洸，「聽說你後來當了老師……原來你就在茬苒的學校任教呀？」

「妳退出美妝圈，是因為那個人嗎？」趙恩洸面色凝重，語氣嚴肅，絲毫沒有故人重逢的喜悅。

張品庭輕扯嘴角，「你的個性還是沒變，要是我迴避不答，想必你也不會讓我繼續做事，對吧？好，我告訴你，就是你想的那樣，不過這件事我們晚點再聊，好嗎？」

「老師！下一位客人來嘍！」班代在後頭喊。

上門要求梳化的客人很多，一時間消化不完，所以班代先發了號碼牌給客人，請他們到了預定時間再過來。

「妳這次不會再逃了？」趙恩洸目光緊盯著張品庭。

「不會。況且有荏苒在，要是我不見了，你也能找到她，不是嗎？我不會給她添麻煩的。」

得到張品庭的允諾，趙恩洸默默不語看了她一會兒，才終於願意回到工作臺。

這世界還眞是小啊，荏苒暗忖，怎麼冥冥之中，自己身邊的人似乎都有著千絲萬縷的關連……不，或許這都是出自於文姐的安排，方便她完成任務，可是文姐再怎麼神通廣大，似乎也不太可能做到這種程度吧？

有些時候，巧合是無法解釋的，西元人將之稱爲「命運的安排」，所有在你生命中出現的人，都是經由命運安排，或許當下不明白彼此相遇的意義，直到過了許久，在某一天驀然回首，才會恍然大悟。

一整個下午，荏苒他們的手都沒閒著，雖然一年級生的化妝技巧沒有學長姊們厲害，但是在趙恩洸和張品庭強大的支援下，很快地，他們這個攤位聲名遠播，顧客不斷如潮水般湧來。

連續化了七、八個客人後，荏苒走到一旁休息，並抬眼朝張品庭的方向望過去，張品庭臉上那充滿幹勁的神采，令她非常慶幸自己有想到要邀張品庭過來幫忙。

「荏苒。」李聿融拿著一杯手搖飲料來到她身邊，在看清荏苒臉上的妝容後嚇了一大跳，「妳的臉怎麼化得這麼白！」

「有恐怖的感覺嗎？」荏苒故意齜牙咧嘴，笑嘻嘻地問他。

李聿融嚥了口口水，把飲料遞給她，「這請妳喝，辛苦了。」

「謝謝你，你們攤位生意還好嗎？」荏苒插入吸管喝了一口，沁涼的綠茶芳香在口中散開。

「就那樣。」李聿融聳聳肩，雙手插進口袋，靜默片刻後說：「妳跟我過來一下好嗎？」

荏苒奇怪地看他一眼，覺得李聿融今天對待她的態度，好像跟平常不太一樣。她拿著飲料跟在李聿融身後，逐漸遠離了園遊會的舉辦場地，來到行政大樓後方的花圃。

李聿融左右張望一陣，確認附近沒有認識的人後，才表情怪異地出聲：「妳那天……去電影院看……那部……」

「哦，你說那部超感人的愛情片嗎？我覺得好好看喔，我和品庭姊都哭得超慘的，你也有去看對吧？你一個人去啊？我注意到你當時臉上也有哭過的痕跡。啊，你找我是要跟我討論劇情嗎？」一提到那部片子，荏苒的話匣子就打開了。

那天看完電影後，她花了不少時間搜尋影評，也在網路上與網友熱烈討論，最後連和她一起去看電影的張品庭都說不想再聽她提起那部片了，但荏苒還覺得意猶未盡，所以見李聿融有意與她討論劇情，荏苒開心極了。

沒想到李聿融卻立刻制止她：「別再說了，拜託妳別再說了……」

「欸？你不想討論嗎，可是你那天明明也哭了，表示你應該很受感動啊……我喜歡女主角暗中……」

「請妳別再說了！求妳了！」李聿融失控地打斷她的話。

這時荏苒才注意到李聿融整張臉漲得通紅，眼睛也是紅的，像是泫然欲泣。

「怎麼了嗎？」荏苒不明所以。

李聿融抓住荏苒的肩膀，低聲說：「求求妳不要告訴別人在電影院見過我，我都特地挑冷門的電影院去了，怎麼還會遇到認識的人！」

「蛤……你喜歡一個人看電影？」荏苒根本搞不清楚狀況。

「我的意思是……妳不要告訴別人我看電影看到哭，更別提我一個人去看愛情片！」李聿融當著荏苒的面說出這幾句話，無異於接受一場公開處刑，他感覺隱藏在心底的那個眞正的自己，被強攤在陽光下任由他人檢視，而這讓他無地自容。

「欸？那會怎樣嗎？」荏苒疑惑地歪著頭。

李聿融一愣，「妳不會覺得我長得這麼帥，卻看愛情片看到哭，這樣很丟臉嗎？」

「啊，我覺得說自己長得很帥……比較……」荏苒忍不住噗哧一笑，「看愛情片感動到哭會怎樣嗎？我也哭了啊。」

「但妳是女生啊！」李聿融不以爲然。

這句話讓荏苒皺起了眉頭，「哪有什麼男生女生之分啊？受到感動的心是不分性別的吧，那不是只是一種情緒共感而已嗎？」

對於自己能說出這樣的話，荏苒感到有些驚訝，更多的是自豪，她想著，自己已經稍微像西元人一點了吧。

「我、我的興趣是……看愛情片，這樣也沒關係？妳不覺得奇怪？」李聿融不敢置信。

「我眞的不覺得奇怪呀，而且我還覺得你這樣很好。如果你愛看愛情片，我最近發現一部很好看的愛情片，但品庭姊已經看過了，姍姍說她不看那種東西，張析宇也不理我……」荏苒話還沒說完，李聿融就搶先說出那部電影的片名，荏苒立刻點頭，「對對對，就是那部，要一起去看嗎？」

李聿融似乎陷入猶豫，良久沒有回話。

「要嗎？」荏苒又問了一遍。

「……妳不要跟別人說。」

「嗯嗯。」

「……那再跟我說時間。」

「就今天晚上吧？我原本都打算要自己去看了！」荏苒興奮地提議，此時她的手機忽然鈴聲大作，她連忙接起。

「茌苒，妳跑哪去了，我們這邊很忙，人手不夠！」班代的咆哮從手機另一頭傳來，連站在一旁的李聿融都聽得一清二楚。

「抱歉，我馬上回去。」茌苒結束通話後，匆匆對李聿融拋下一句，「我先走了，晚點見！」

李聿融站在原地，看著那個身穿紅色禮服的怪異女孩漸行漸遠。他本來以為茌苒會把這件事告訴別人，作為笑談，或是以此要脅他答應與她交往，但她沒有。或許對其他人來說，這只是件微不足道的小事，但對李聿融來說卻很重要。

回到攤位後，茌苒接連處理了好幾組客人。

剛幫一個女孩化好精緻優雅的韓系妝容，班代又領著另一個頭髮染成亞麻綠色的女孩來到茌苒面前，女孩指定要扮成小丑，剛好茌苒為了扮演血腥伯爵夫人，有添購一罐白色的粉底膏，她從化妝箱找出那罐粉底膏，準備為女孩上妝，對方卻出聲：「等一下，我對那個牌子的粉底膏過敏，有沒有其他牌子？」

「欸？我只有這個……」茌苒轉頭詢問旁邊的女同學，「彩虹，妳的白色粉底膏是這個牌子嗎？」

「不是耶。」名為彩虹的女同學看向綠髮女孩，「妳對那個牌子過敏嗎？那要不要來我這邊化？」

「啊，這樣好嗎？」綠髮女孩遲疑地看著荏苒。

「沒關係，讓她幫妳化就好。」荏苒擺擺手，她知道彩虹向來不喜外借化妝品，她理解每個人都會有自己的原則，而她樂於給予尊重。

於是綠髮女孩改坐到彩虹的工作臺前，而荏苒面前空出的位子，換成滿臉訝異的張析宇坐了下來。

「荏苒，我姊怎麼會在這裡？」張析宇看著不遠處的張品庭，百思不得其解。

「是我邀品庭姊過來幫忙的。你不覺得她在幫人化妝的時候，看起來特別神采飛揚嗎？」

「原來。」張析宇又看了眼笑容滿面的張品庭，感慨道：「妳還眞的跟我姊在不知不覺間變得很要好哩。」

「還好啦，一切都是從品庭姊教我化妝……」荏苒忽然心念一動，向張析宇提議，「你要不要也試試？」

「化妝嗎？我？算了吧！」張析宇連忙拒絕。

荏苒拉著他的手臂搖了搖，「就試試看嘛！」

「不要，男生化妝很奇怪。」張析宇作勢就要站起。

「哪會，快點坐下！」荏苒使出吃奶的力氣，雙手強按住張析宇的肩膀，不讓他站起來，她興致勃勃地說：「我最近在練習化吸血鬼的妝容，你讓我練手，拜託。」

然後也不等張析宇答應，荏苒便出其不意地將白色的粉底膏往他臉上抹。

「欸欸欸，妳這根本是強迫！」張析宇怪叫，無奈之下，也只能乖乖就範。

荏苒嘿嘿一笑，經過這段時間的相處，她也算是多少了解張析宇這個人，儘管嘴上抱怨，但他還是會依著那些他所看重的人的意見行事，像是他的家人、李聿融，以及荏苒，這就是張析宇獨有的溫柔。

「偷偷跟你說，剛剛姍姍有過來。」荏苒壓低聲音，滿意地見到張析宇身軀一震，「她扮成吸血鬼公主。」

「跟、跟我說這個幹麼？」張析宇開始有些動搖。

「哎唷，她扮吸血鬼公主，你扮吸血鬼王子，這樣不是很搭嗎？」荏苒眨了眨眼，漂亮的眼睛裡盈滿笑意。

霎時間，張析宇只覺心臟重重一跳，卻不是因爲荏苒的調侃。

「……老實跟妳說，被血腥瑪麗近距離盯著看，還眞有點恐怖。」張析宇轉移話題，企圖掩飾心中的不自在。

「我不是血腥瑪麗，是血腥伯爵夫人啦！」荏苒嘟嘴。

「好啦，伯爵夫人。」張析宇好脾氣地笑著，「妳之前幫男生化過妝嗎？」

「沒有，你是第一個。」荏苒繼續爲他另一邊的臉頰塗抹白色粉底膏。

「是嗎？」不知道爲什麼，聽到荏苒這麼說，他心中有一點點高興，但表面上仍故作嫌棄，「所以我是白老鼠嘍？」

「你要感到很榮幸好嗎？」荏苒警告地瞇起眼睛，「好啦，你不要再動了。」

張析宇看著荏苒精緻小巧的臉蛋靠得極近，她肌膚白皙細嫩，幾乎看不見毛孔，睫毛纖長，眼珠黑亮，而她清新的氣息輕輕噴吐在他的臉上，讓他不由得心跳微微失速。

偶爾與他四目相交，荏苒便會淡淡一笑，眼睛瞇成好看的新月形狀。

「我……很難化吧？」爲了忽略胸口那怪異的心跳，張析宇艱難地找了個話題。

「爲什麼這麼說？」荏苒用眼線刷沾取些許黑色的眼線膏，「眼睛看上面。」

張析宇依照吩咐朝上看，感覺到眼線刷從他的下眼瞼輕柔劃過，「就是……我長得很普通，沒什麼特色，如果是李聿融，就一定很好化，他五官立體，化完妝後效果應該會很好……」

「你長得哪裡沒有特色了？你雙眼皮夠深，上睫毛和下睫毛都很長，眼神清澈，笑起來嘴角上揚的弧度非常好看。還有，你的頭髮蓬鬆好造型，眉型不需要修整就很清爽。」荏苒一一細數張析宇自己從未發現的優點，她定定地望進張析宇的眼裡，「每個人都有一張獨一無二的臉，現在你可是最帥氣的吸血鬼王子，千萬不要妄自菲薄。」

她舉起一旁的鏡子放到張析宇面前，他都快認不出鏡中的那人是自己了。

「好誇張！」張析宇忽然明白化妝的神奇之處了。

「請誇讚我很厲害吧。」荏苒得意洋洋，「好了，快去找你的吸血鬼公主吧。」

張析宇卻笑了，朝著荏苒彎下上半身，伸出右手：「我比較想邀請血腥伯爵夫人，今夜前來我的宅邸共進晚餐。」

荏苒先是一愣，隨後哈哈大笑，用力拍著張析宇的肩膀，兩個人笑鬧成一片，直到班代又指派給荏苒下一位客人，張析宇才急忙返回自己班上的攤位。

幫客人化妝時，荏苒腦中不時浮現適才張析宇朝她彎腰的模樣，還眞像個風度翩翩的吸血鬼王子，她嘴角忍不住勾起。

「妳心情很好喔！是因爲攤位生意很好嗎？」客人打趣地看著荏苒。

荏苒心想，連客人都注意到她的好心情了。

園遊會即將進入尾聲之際，荏苒低頭整理自己的化妝包，有兩個女生匆忙跑過來，氣急敗壞地大喊：「剛剛是誰幫非非化妝的？」

攤位裡沒剩多少人，班代正忙著和副班代一同計算今天的營業額，面對突如其來的質問，他一愣：「非非是誰？」

「就是那個頭髮染成亞麻綠色的女生，她請你們幫她化小丑妝！」其中一個戴眼鏡的女生激動地說，「她的臉整個腫起來了，你們是不是用了什麼便宜的化妝品？」

「亞麻綠色的頭髮？」班代像是想起了什麼，轉而看向荏苒，「她！是她化的！荏苒，妳剛才用了什麼化妝品？」

「不是我啊，是彩虹化的。」荏苒無辜地說。

「怎麼不是？我記得我把她指派給妳啊！」班代走過來，不分青紅皀白地翻開荏苒的化妝包，「妳是用什麼……哇，妳都用這麼好的化妝品喔。」

「她說她對我用的粉底膏過敏，所以我才轉給彩虹處理……」自己的化妝包被別人任意翻動，荏苒心裡不太舒服，感覺很不受尊重。

「彩虹人呢？」班代把粉底膏塞回給荏苒，接著也去翻了彩虹的化妝包，「她沒有白色粉底膏，荏苒，妳是幫太多人化過妝，不記得了吧？」

「我沒……」荏苒想要解釋，然而那個戴眼鏡的女生卻衝過來，搶走荏苒手上的粉底膏，「非非對這款粉底膏過敏！幫她化妝前，難道妳沒先問過她有沒有對什麼東西過敏嗎？」

面對對方不實的指責，荏苒委屈極了，「我就說不是我……」

戴眼鏡女生的同伴馬上打斷荏苒的話：「非非現在臉都腫起來了，妳要怎麼賠償她？」

「可是眞的不是……」

「荏苒！妳在搞什麼，這麼基本的問題都沒事先問過客人嗎？」班代爲了盡快平息紛爭，槍口跟著指向荏苒。

荏苒百口莫辯，這還是她第一次委屈得想哭。

「不是她，是別人化的，我可以作證。」張析宇冷冷地開口。所有人都被張析宇的忽然現身嚇了一跳，他站在夕陽餘暉下，配合他蒼白的妝容和清冷的語氣，就像是眞正的吸血鬼王子一樣。

「這……但是彩虹沒有白色的粉底膏……」班代囁嚅道。

張析宇將荏苒拉至自己的身後，語氣堅定：「荏苒說不是她就不是，我相信荏苒。」

「欸！幹麼動我的東西！」此時彩虹和其他同學捧著滿手點心飲料回到攤位，一看見班代手上拿著她的化妝包，便氣沖沖地衝上前。

「彩虹！妳來得正好！」副班代將事情的經過講述一遍，而彩虹也承認是她爲非非化妝的。

「我有特別跟她確認過，還有沒有對其他東西過敏，她說沒有啊！」彩虹覺得很冤枉。

「怎麼可能？你們……」戴眼鏡的女生態度越來越不客氣，眼看就要破口大罵，她的同伴卻突然拉著她低聲說了幾句話，聽完之後，她臉色一變，悶聲道：「是我們誤會了，走了。」

「等一下，妳們一句話都不解釋就要走了？」張析宇叫住她們。

「……剛剛非非傳訊息給我，說她誤吃了含有花生的食物，才會引發過敏，跟化妝品沒關係。」戴眼鏡女生的同伴解釋。

「啊，那誤會解開了，沒事了。」班代鬆了一口氣，示意大家散去。

「你們不分青紅皀白誤會荏苒，又沒問過一聲就動手亂翻她的東西，難道不需要道歉？」然而張析宇可沒打算讓事情就這樣結束。

「誤會都解開了，你幹麼？」戴眼鏡的女生皺眉。

「妳們莫名其妙就過來亂扣帽子，也不聽荏苒解釋，現在眞相大白，妳們倒是拍拍屁股就想走？」張析宇瞇起眼睛看向眾人，不知道是不是因爲化妝的緣故，還是他此刻確實氣勢凌人，與他目光相觸的每一個人都有些惴惴不安。

「……對不起，是我們誤會了。」戴眼鏡的女生雖然不太甘願，但總歸是道歉了，和她的同伴摸摸鼻子訕訕地離開。

「好啦好啦，沒事了。」班代笑嘻嘻地想要拍拍荏苒的肩膀，卻被張析宇擋下。

「你也必須道歉。」

「我？」班代一臉莫名。

「還沒查清眞相就指責同學，沒有經過荏苒的同意就亂動她的東西，現在還想裝沒事？」張析宇冷冷看過去。

「這、這……我只是……」

班代慌張地朝旁邊的人投去求救的眼神，但彩虹還在氣頭上，她很不高興自己的化妝箱被亂翻，也正沒好氣地瞪著他，而副班代也用嘴型要他快點道歉，不想把事情鬧大。

班代明白自己有錯在先，抓抓頭說：「荏苒，對不起啦，是我考慮不周，誤會了妳，真的很抱歉，請妳原諒我。」

見他的道歉還算有誠意，張析宇扭頭問躲在他身後的荏苒，是否願意原諒班代，荏苒沒有說話，只點了點頭。

「好了，原諒你們了，去忙你們的事吧。」張析宇霸氣地說完，擺擺手示意他們退下。

終於鬆了一口氣的班代，此時臉上才閃過一絲疑惑，拉著副班代小聲問：「那個打扮成吸血鬼的男生到底是誰啊？」

張析宇見荏苒依舊低垂著頭，便拍拍她的肩膀，「辛苦妳了。」

荏苒用力搖頭，卻始終不發一語，也不看他，張析宇注意到她肩膀微微顫抖。

「妳不會在哭吧？」他心中一慌。

荏苒忽然一把抱住張析宇，將臉埋入他的懷中。

「喂！」張析宇更慌亂了，他雙手舉在空中，左右張望，其他人一副想偷看卻又不敢的樣子，讓他不知該如何是好，而懷中的荏苒卻開始吸著鼻子，張析宇遲疑了一下，緩緩放下手，在荏苒的背上輕拍。

「好了，沒事了，別哭。」他柔聲說。

荏苒的眼淚始終停不下來。一直以來，她始終很信任張析宇，因為文姮說她可以相信她來到西元後所遇到的第一位異性，但她從來不知道自己也被張析宇如此信任著，更從來不知道有人如此信任自己，並且站在自己這邊，是多麼令人高興的事。

那天晚上，荏苒延後了和李聿融的電影之約，轉而請張析宇吃了一頓飯，她毫無保留地向他訴說自己的感謝，並且不斷誇讚張析宇勇敢得像個眞正的英雄。

張析宇被稱讚得臉都紅了，找不到合適的時機將稍早張品庭從旁側拍的照片傳給荏苒。

在那張照片裡，帥氣的吸血鬼王子懷中抱著哭泣的血腥伯爵夫人。

幾天後，荏苒班上園遊會攤位的營業額統計出來了，一舉突破學校歷年來的紀錄，而被顧客和同學上傳臉書、IG的照片更是高達數千張，很快就被媒體轉發，還登上電視新聞。

有眼尖的記者注意到出現在照片裡的張品庭，就是某位忽然神隱的知名彩妝師，新聞越吵越熱，連傅采茜都出面邀約張品庭上節目受訪，張品庭再三考慮之後答應了，而趙恩洸也自告奮勇一同前往。

或許是因爲知道荏苒認識張品庭，傅采茜罕見地詢問荏苒要不要參觀現場錄影，她立刻答應，並且在得到傅采茜的允許後，邀請張析宇同行，畢竟這可是他姊姊要上電視呀。

「這是我第一次來電視臺看現場錄影，我比我姊還要緊張。」張析宇坐立難安，這個節目採現場直播，並未開放觀眾過來現場，也未設置觀眾席位，所以他和荏苒都站在攝影機後方。

「品庭姊一定沒問題啦。」荏苒對張品庭很有信心，更別說還有趙恩洸在一旁助陣了。

「沒想到妳會跟我姊變得那麼要好。」張析宇忍不住再次感嘆，「還有，妳之前不是說妳和李聿融去看午夜場電影？而且還不只一次？」

「對呀！約你你又不去。」

「我不想看愛情片……話說你們進展得不錯啊，沒想到聿融願意陪妳看愛情片，他從以前到現在都只看動作片。」

「他喜歡看愛情片。」荏苒沒想隱瞞，因爲張析宇是『可以無條件信任』的對象，所以她什麼事都會跟他分享，便把先前在電影院巧遇李聿融的經過都告訴他，「你不能告訴別人喔。」

「……這是眞的嗎？」張析宇不敢相信。李聿融曾經不只一次用嫌棄的語氣說，女生就是太愛看愛情小說和愛情片，才會對愛情懷有不切實際的幻想，所以他從來不看愛情片，每次去電影院都選看其他與愛情無關的片子，甚至他還說男人不該喜歡過於女孩子氣的事物。

結果搞半天，他竟然會一個人偷偷去電影院看愛情片？

「嗯，而且他的哭點比我還低，是很感性的人呢！」荏苒喜歡和李聿融討論電影，他總是有自己獨特的觀點，而且他推薦的愛情小說，比張品庭推薦的更對她的味。

「這傢伙還眞是……」張析宇也明白李聿融爲何會說謊，他決定就當不知道吧，這是他身爲好友的義氣相挺。

「現場準備，來！五、四……」導播高喊，全場頓時爲之一靜。

坐在前方的傅采茜朝鏡頭打招呼：「各位觀眾大家好，我是傅采茜，今天我們邀請到近期引爆網路的紅人，張品庭以及趙恩洸，請兩位先跟觀眾打個招呼。」

張品庭禮貌微笑：「大家好，我是張品庭。」

趙恩洸則以一貫的慵懶語調說：「各位好。」

「兩位有料到自己會爆紅嗎？」

「完全沒有，當初只是去幫朋友的忙。」張品庭笑了笑。

約莫十多分鐘的訪問下來，基本讓觀眾明白了張品庭和趙恩洸是大學同學，兩人都曾在美妝界待過一段時間，而後趙恩洸轉往大學任教，張品庭則陸續與眾多大牌藝人與社交名媛合作過，算是小有名氣，只是她在前途看好之際，毫無預警地離開了美妝界。

「所以這次妳過去支援，是應趙恩洸之邀嗎？」傅采茜問。

「不，我有個朋友在明生大學就讀，是她邀我過去的，沒想到這麼巧，竟然在那裡遇到趙恩洸。」

「那方便請問妳當初爲何會離開美妝界嗎？據我所知，妳雖然剛入行不久，卻是業界備受矚目的新星，正是應該爲事業衝刺的時候啊。」傅采茜問。

「我有其他的生涯規劃。」張品庭說得含蓄，一旁的趙恩洸卻不以爲然地嘴角一撇，竟是笑了。

趙恩洸那樣的笑容太嘲諷，連傅采茜都不能無視，否則有失她身爲主持人的職責，於是她問：「難道有其他原因？」

「不，沒有。」張品庭依舊維持笑容，只是看了趙恩洸一眼，示意他別亂說話。

趙恩洸卻坐正了身體，雙手交疊抵在下巴，一改先前的慵懶，雙眼射出精光，對著攝影機鏡頭說：「每個業界都有所謂的潛規則，我們總認爲那些事不會發生在自己身上，又或者認爲事不關己，只要保持沉默就能安然無恙，所以我們都選擇了沉默。」

「趙恩洸！」張品庭輕聲喚了他的名字，語氣帶上幾分嚴厲，以及幾分懇求。

這是直播節目，身爲來賓的她，無法喊停，也無法阻止。

「在美妝界裡也有，大家都得看某位『大師』的臉色做事，身爲男性，只要你夠懂得『禮貌』，就能快速上位；身爲女性，只要妳在某些時刻不要『拒絕』，那爬得比男性更快。我不懂禮貌，只能提早離開，幸好我有其他出路，他沒辦法封殺我。」

荏苒和張析宇對望，兩人眼中都流露出明顯的驚恐，一個恐怖的猜想在他們腦中成形。

「我當時就隱約知道，受害者不會只有我一個，只是所有人都隱忍不說，大家都怕被封殺，要是被封殺了，我們花了那麼多時間才學到的技能該怎麼辦？」趙恩洸瞇起眼睛，向來溫和斯文的臉上竟浮現一絲凶狠，「我並不勇敢，所以逃開了，然而我的朋友卻挺身反抗，她拒絕了『大師』的邀約，以爲自己會得到同業朋友的支持，沒想到比起公平正義，大家更在乎的是會不會得罪人，前途會不會受損。」

說完，他驀地牽起張品庭的手，這個舉動讓荏苒倒抽一口氣，或許是因爲緊張，她也下意識拉著張析宇的手。

「美妝界的古姓大師，這姓氏並不那麼常見，所有人都會知道我說的是你，況且你卑劣的習性早已眾所皆知，這次你還能怎麼做？封殺我？請便。」

趙恩洸直勾勾地注視著鏡頭，這幕畫面後來成了各家媒體的新聞頭條。

這集轟動社會的直播節目，除了揭露美妝界古姓大師長年以來的性騷擾惡行之外，趙恩洸和張品庭的名字一度登上熱搜，傅采茜也因此名聲更上一層樓，張品庭則獲得許多美妝相關的工作邀約，可是她卻一一婉拒。

她沒有辦法面對那些曾經一同並肩作戰，卻在她最需要幫助的時候，選擇噤聲不語的同業朋友。

所以她選擇走上和趙恩洸相同的道路，決定從事教職，將自己一身所學傳授下去，最重要的是，她想教會所有人，只要握有別人奪不去的專業能力，即便前方道路暫時窒礙難行，也不至於為了生存而違背自己的信念。

「我還是覺得很難過，我姊發生了這樣的事，我們身為家人卻完全不知情，還時常說她不去工作是米蟲，始終沒察覺她在獨自面對著什麼。」張析宇事後不只一次自責，李玉佳和張至堯也很難過自己竟沒發現女兒的委屈與掙扎。

「那是因為品庭姊不想讓你們擔心。」荏苒端了杯茶給他。

「妳早就知道了？」張析宇痛苦地抬眼看她。

「我不知道，但我知道她是怕大家擔心，所以才不說。」

「那家人是為了什麼存在？身為家人，不就該要當她的後盾嗎？」

「是呀，你們是她的後盾啊，所以她並沒有跑到別的地方躲起來，而是待在家裡，讓你們保護著。」荏苒語氣真摯無比，「我非常羨慕這一點。永平人沒有家人，只有自己，不管碰上任何困難，我們都不會期望家人朋友的幫忙，凡事都只能靠自己，我們不哭泣、不沮喪，甚至不了解有人可以依靠是一件多麼幸福的事。」

荏苒坐到張析宇旁邊，握起他的手，「我想品庭姊一定是這麼想的，你們別再自責了。」

「……我還是希望她能告訴我。」張析宇看著荏苒蓋在他手背上的手，「妳知道趙恩洸向我姊告白了嗎？」

「眞的嗎？」

「嗯，他說他一聽到我姊被那個噁心的男人騷擾後，氣得要命，決定在直播節目上說出一切，趙恩洸這麼做，也算是賭上了他的未來。」張析宇扯了扯嘴角，「妳眞該看看趙恩洸跑到我家，跪下來請求我姊跟他交往的樣子，我和我爸媽還以爲他是要求婚哩。」

「眞想親眼目睹這段過程，品庭姊一定很感動吧。」荏苒由衷爲張品庭和趙恩洸感到開心。

「我今天過來，是要向妳道謝的。」張析宇忽然把手縮回去，猶豫了一下，才將手蓋在荏苒的手上，「謝謝妳陪伴我姊，還邀她去園遊會支援，如果不是妳，我姊或許永遠……沒辦法像現在一樣快樂。」

「哎唷，我沒做什麼啦！」荏苒低頭看向張析宇的大手，怎麼他握住自己的手時，跟自己握住他的手時，感覺不太一樣，而且爲什麼她心中竟有點……癢癢的？

「還是要謝謝妳，眞的。」他誠摯地向她道謝。

荏苒微微一笑，搖了搖頭，兩個人凝望彼此片刻後，張析宇才鬆開了她的手，聊起其他不著邊際的事。

晚風輕輕從窗戶吹進屋裡，早上還很熱，下午的風卻已帶上涼意，即便西元的氣候變化迅速，但荏苒已經越來越能習慣。

★

「我在樓下看見一個穿著國中制服的女生。」傅采茜拿下墨鏡，將兩杯手搖杯飲料放在桌上。

「欸？又是她嗎？」荏苒趕緊跑到陽臺上，卻什麼都沒看到。

「怎麼回事？」傅采茜拿起其中一杯飲料喝了一大口，「珍珠奶茶這種好東西居然沒流傳下來，永平都喝不到，眞是可惜。」

「最近有個女孩時常出現在巷口，好像在偷看我家這邊，很奇怪。」荏苒回到客廳，也拿起飲料喝了起來。

黑糖珍珠奶茶同樣是荏苒的最愛，即便喝多了會發胖，她依舊毫不顧忌，甚至對於「發胖」這件事感到十分驚奇，畢竟永平每天提供的餐點都計算過熱量，而且也沒什麼好吃的食物能讓人想要多吃，所以很少永平人有過發胖的經驗。

「……是喔。」傅采茜專心咀嚼珍珠。

「對了，我想問一下，我要怎麼知道自己完成任務了？」

「妳覺得妳完成任務了？」傅采茜揚起眉毛。

「嗯，我幫助品庭姊轉而從事教職，算是幫她找到了人生目標吧。」荏苒很有自信。

傅采茜思索片刻，從包包取出一個外型看起來很像是扭蛋的塑膠球，「十年前，在我出發來到這裡前，文姐給了我三顆這樣的球，妳瞧上面有日期對吧？」

荏苒接過，塑膠球的外殼上刻著一排小字，正是今天的日期。

「她說，要我在這天將這顆球交給妳，並請妳當場打開。」

「裡面是什麼？」

「我不知道，我只知道與任務有關。」傅采茜說，「妳快打開來看看。」

「與任務有關？」這顆塑膠球就像扭蛋一樣，荏苒輕輕一轉便成功打開，裡頭只放了一張摺起來的紙條。

荏苒打開紙條，上面寫著：

促成趙恩洸和張品庭交往，恭喜妳完成第二個任務。

「它說我完成任務了。」荏苒十分詫異，爲什麼文姐能在十年前就寫下這張紙條？「我以爲我完成的會是第一個任務，沒想到是第二個任務。」

「有差嗎？能完成任務就好。不過，文姐還眞是無所不知。」傅采茜聳聳肩。

「既然妳手上還有另外兩顆塑膠球，爲什麼不直接給我，這樣我就能知道其他兩個任務目標是誰。」

「不行，這有違文姐的指示。」傅采茜拒絕，「總之，我今天過來找妳的目的已經達成了，我先走了。」

說完她便起身離開。

荏苒愣愣地看著桌上的紙條，過了半晌才輕觸手環，開啟錄音功能。

「文姐，我收到妳的紙條了，我完成了第二個任務，也就是促成趙恩洸和張品庭交往。可是……爲什麼妳會知道他們？照理來說，身處永平的妳，根本不可能會知道他們。」她遲疑地看了眼手環，「還是說，其實妳每天都可以透過手環知道我在這裡遇到了哪些人、發生了哪些事？再讓采茜騙我說這張紙條是妳十年前就交給她的？」

說到此處，荏苒自己都覺得這番推測很荒謬，有些自責地搖了搖頭，「抱歉，我居然會懷疑人了，而且懷疑的對象還是妳，我是被西元的風氣影響了嗎？不過，我確實認爲，或許像西元人這樣情感豐沛才是好的，儘管貪婪、色慾、傲慢等負面情感，可能是造成西元滅亡的原因之一，可是也是有愛、包容、寬恕這樣的正向情感存在。況且，或許就是看過了人性的醜惡面，才更覺得那些無私的情操有多可貴……」

今天的荏苒，十分多愁善感。

她嘆了一口氣，把這些想法寫成訊息與張析宇分享。

「沒有比較，妳就不會知道一樣東西的珍貴。」

荏苒覺得，有時候張析宇說話會帶著一點文青感。

「你今晚要和我去看一部愛情片嗎？」

「不找李聿融，找我嗎？」

荏苒在心裡哎呀一聲，竟然忘了自己先前已經和李聿融口頭約好，等這部電影上映後要一起去看。

「那下次再找你。」所以她趕緊這麼回應，改傳了訊息給李聿融，對方馬上已讀並一口答應，於是荏苒傳訊給張析宇，告訴他自己和李聿融約好晚上去看這部電影。

張析宇已讀了很久，最後才回了句：「見色忘友。」

荏苒沒品味到話裡夾帶的微微酸意，反倒笑了起來，她想著，自己也變得跟西元人一樣，會對著手機螢幕上的訊息傻笑了。

那天晚上，李聿融和荏苒再次去到那間冷門的小電影院，那部愛情片果然感人至極，兩個人都默默哭紅了鼻子。

電影散場後，即便注意到李聿融眼角淚痕未乾，荏苒卻不覺得如何，更沒有嘲笑他的念頭，只是眨著亮晶晶的雙眼，興奮地拉著李聿融討論劇情。

那是這些年來，李聿融所有過最棒的一場約會，他自己都沒發現，他的嘴角始終爲此輕輕地上揚。

第六章　那些不曾消散的生命

「傅茌苒，妳過來一下。」再次以雙馬尾造型出現的薛姍姍大聲吆喝，毫不在乎這種造型通常只會在小女孩身上出現，而她已經是個大學生，但不得不說，她倒是很適合雙馬尾。

她雙手叉腰，站在茌苒教室門口，畫面很像是凶狠的高中學姊登門找學妹的碴。只是同樣的場景換成大學，薛姍姍盛氣凌人的造訪，並不如她所預料的那般在茌苒班上引來側目。

「姍姍，妳考試考得怎麼樣？」茌苒一來到薛姍姍面前，便對她噓寒問暖。

「唉，糟透了，有兩科可能會被當……等一下，妳問這個做什麼！」薛姍姍下意識答了幾句才醒悟過來，差點就被茌苒牽著鼻子走了！

「就關心一下呀，我考得不錯喔。」

「關我屁事！」薛姍姍跟茌苒講沒兩句話，就覺得心很累。「我有事要問妳。」

「那要不要一起吃午餐？學校新開的那間蔬食餐廳很好吃。」不等薛姍姍同意，茌苒跑回座位拿了包包又衝出來，很自然地挽著薛姍姍的手往學生餐廳走去。

「欸欸欸！妳幹麼跟我裝熟啦！」薛姍姍嘴上抱怨，但也沒甩開她的手。

「我們不是很熟了嗎？妳都來我家吃過飯了耶。」荏苒巧笑嫣然，說出這些話時全無心機，然而看在薛姍姍眼中，卻深感她儼然是個小惡魔。

對這女人還真是不能大意！薛姍姍在心中囑咐自己。

兩人來到學生餐廳，分別點了花椰菜套餐和青椒套餐，這兩種套餐名字聽起來很難吃，其實味道不錯，而且營養滿滿。這間餐廳獲得很多女同學的青睞，這裡提供的水煮餐點，讓想減肥的人也能吃得毫無負擔。

「我說，妳是不是偷偷和李聿融約會？」薛姍姍吃到一半，想起自己過來找荏苒的目的。

「約會？」荏苒想了一下，在西元人對這個字詞的定義裡，似乎是指互有好感的異性相約外出。「我是會跟他一起去看午夜場啦，然後再去吃宵夜，最近還約好去聽演唱會……這樣算是約會嗎？」

薛姍姍聽了差點噴火，「這就是在約會！妳在跟我裝什麼裝啊！」

「可是我們又沒有交往。」荏苒現在說的交往，就真的是指「交往」原本的意思了。

來到西元半年多，荏苒已經明白「交往」其實不等於「生孩子」，也明白自己初來乍到時，動不動就把「生孩子」掛在嘴上有多麼愚蠢了。

「約會就是交往的前兆，有很大的機會將展開交往！」薛姍姍氣得牙癢癢的，

「妳和李聿融什麼時候進展那麼快速了？」

「有進展很快速嗎？啊，那妳也約他看電影不就好了？」

「看屁啊，我連約他一起去便利商店他都不肯，我是約什……」薛姍姍忽然靈光一閃，「不然妳約李聿融，我約張析宇，我們四個人一起去遊樂園？」

「哦，可以呀。」荏苒很乾脆地答應，「妳跟張析宇最近還好嗎？」

「我跟他有什麼好問的？先說了，妳別隨便把我和張析宇配對，我可是喜歡李聿融的！」薛姍姍自動拿叉子叉走荏苒盤中的花椰菜。

「可是你們不是也會一起出去玩？」

「張析宇還會跟妳報告？」薛姍姍翻了翻白眼，「我又不是單獨跟他出去，都是一群人一同出遊，我以爲李聿融也會去，沒想到他都沒出現。」

「這樣喔……」自從完成第二個任務後，荏苒便打消了把張析宇和薛姍姍配對的念頭。

「反正，就照我說的做。」薛姍姍舉起叉子指著她，「可別以爲妳現在進度超前就囂張了，最後和李聿融交往的一定是我！」

說完，薛姍姍便端著餐盤離開。

「欸欸，姍姍對妳講話一直都那種態度喔？」下一秒，張析宇走過來放下餐盤，逕自在荏苒面前坐下。

「咦？你什麼時候來的？剛才怎麼沒有看到你？」

「我就坐在妳們後面，唉，我是有多不顯眼，妳就算了，連姍姍都沒注意到我。」張析宇無奈地聳肩，「不過她對妳的態度還眞是……跋扈？」

「不會呀，你看。」荏苒指了指碗中的大片青椒，「她夾走我的菜，也一定會把她的菜換給我，姍姍是個心直口快的人，性格很爽朗呢。」

「妳眞是善於挖掘別人的優點。」張析宇不可思議地說。

「倒是你才奇怪，你不是喜歡姍姍嗎？可是你剛剛說她的那些話，很像是李聿融才會說的。」

「說到這個，我覺得李聿融最近好像變了。」張析宇舀起一勺豆花送進嘴裡，「以前他老對我說些刺耳的話，像是我和姍姍不配、姍姍眼光很高之類的……最近他卻不那樣了。」

荏苒邊聽邊忙著津津有味地吃著青椒，唉，好可惜，爲什麼到了永平那個年代，連青椒這種蔬菜也沒了呢？

「李聿融最近性格變溫和了，我在想是不是妳的緣故。」

「我？」

「嗯，你們時常出去約會，他大概是那種談了戀愛就會變友善的類型吧。」

「但是我們沒有談戀愛呀。」荏苒不解。

「有時候不用到談戀愛那種程度，只要有人陪伴在他身邊就夠了吧。」

這句話讓荏苒心中一驚，想起文姮交付給她的第三個任務——要陪伴一個人重新站起來。

但李聿融擁有完美的基因，是她打算與之生下孩子的對象，這樣的他，還可能是她完成第三個任務的人選嗎？

還是正是因爲她陪伴了李聿融，兩人感情加溫，才得以和他生下孩子？

「在想什麼？」

「我跟你提過，除了與基因完美的男人生下孩子，我還要額外完成三個任務對吧？」荏苒在張析宇面前沒有祕密，什麼都跟他說。

張析宇不由得想，有時候聽荏苒說話，眞的會覺得她幻想出來的那個世界，好像確實存在一樣。

「我記得，妳說我姊是妳完成其中一個任務的人選。」

「嗯，我在想會不會李聿融也是？」

「他不是妳那個最終任務的人選嗎？妳不是說妳要跟他生小孩？」這話講出來連張析宇自己都要笑了。

荏苒說出自己適才的推論，張析宇沒有認同也沒有反駁，直到荏苒催促著要他給點意見，他才緩緩出聲：「我覺得妳何必在乎任務不任務呢？或許就是要妳不刻意爲之，才得以完成任務。」

「是這樣嗎？」荏苒咬唇，「還是我們乾脆去偷傅采茜的塑膠球？」

「我才不要，那是作弊喔，妳沒聽過一種說法嗎？要是有些事情妳提前知道，那麼很多原本會發生的事就不會發生了。」張析宇這番話格外具說服力，讓荏苒徹底打消了這個念頭。

不過荏苒原本認爲，相較於永平人，西元人更容易做出違反法紀的舉動，不料這次卻是自己起了偷竊之心，卻被張析宇勸阻。想起自己來到西元後的種種轉變，荏苒忍不住偷笑。

而張析宇的思緒卻飄向幾天前與傅采茜的那段對話。

「塑膠球裡的紙條是我寫的。」傅采茜淡淡地說。

「荏苒這樣繼續下去可以嗎？眞的要放任她去完成那些任務？會不會讓她更加走火入魔？」張析宇很擔心。

「我和荏苒的心理醫生討論過，這算是一個小小的心理暗示，等到所有任務都完成後，也許她就能從悲傷中走出來。」傅采茜解釋。

「如果是這樣就太好了，每次聽她講述永平那些事情，她說話的語氣和講述的細節都太過眞實，我都快要相信她確實來自未來了。」張析宇不好意思地笑了笑。

傅采茜在電話那頭靜默許久，直到張析宇以為是不是電話斷線，喂了幾聲，她才開口：「你真溫柔，一般人聽到荏苒有幻想症，一定會遠離她，你卻把她當普通人一樣照常往來，真的很謝謝你。」

被偶像如此鄭重其事地感謝，張析宇有些害臊，一時吶吶不能言語。

「今後也請你繼續像現在這樣陪伴著她，當她的朋友吧。」傅采茜誠摯地說。

「我會當她的朋友，但不是因為妳的請託，而是因為我很喜歡荏苒。」這句話一出，張析宇自己都嚇一跳，連忙補充，「我說的喜歡是指……」

「朋友之間的喜歡，我理解，畢竟荏苒單純又天真，是個很討人喜歡的女孩。」傅采茜格格笑著，聽不出她到底是相信還是不相信張析宇的「朋友說」。

「欸欸，你有在聽我說話嗎？」荏苒驀地貼近的臉，占滿了張析宇的視線，將他飄散的思緒拉了回來。

「什麼？」他愣了下。

「我問你要不要去遊樂園，你剛剛也聽到姍姍的計畫了。」

「哦，可以呀，不過，妳不想和李聿融兩個人單獨去嗎？」

「大家一起去不是更好玩嗎？」荏苒不解。

「但是妳不是……」見荏苒一臉純真，張析宇打住了原先想說的話，改口道：

「也是，多一點人比較好玩。」

正常而言，比起一群朋友一起去遊樂園，應該會更想單獨和喜歡的人一起去才對吧。

張析宇無法理解荏苒是怎麼想的，不過一直以來，荏苒都是個讓人難以捉摸的女生，甚至連她是不是眞的喜歡李聿融，張析宇都在心中打上了問號。

★

李聿融喜歡一個由四個女生組成的地下樂團，該團專門翻唱動漫歌曲，並配合舞蹈演出，她們也自創了幾首同樣走可愛路線的歌曲，每次開演唱會，都會吸引不少宅男粉絲到場。

外人可能很難想像，像李聿融這種外型出眾、性格陽光的男人，竟然會是該樂團的粉絲，而他也把這件事隱藏得很好，始終沒讓誰知道。

所以從他試探性地邀請荏苒一同前往演唱會，到荏苒毫不猶豫地答應，再到兩人進到會場的此刻，他都很擔心荏苒會有什麼反應。

不過如他所預想的一樣，荏苒漂亮的眼睛閃爍著光彩，身體跟著音樂左右搖擺，津津有味地聽完了整場演唱會。

演唱會結束後，樂團成員排排坐在舞臺上，只要現場購買單曲，便可上前索取簽名，並一一與團員握手，雖然每次李聿融都會現場購買單曲支持，但從來不好意思上臺握手。

這次有荏苒相伴就不一樣了，她開開心心地拉著他上臺，終於能跟偶像近距離接觸，李聿融難掩心中的喜悅，臉上的微笑始終沒有消失過。

「這位先生是陪女朋友來的嗎？真疼女朋友呢！」樂團主唱一口娃娃音十分軟甜，但她也先入爲主地認爲李聿融是陪荏苒來的。

步出會場後，入秋的夜晚已微有涼意，荏苒拉緊了外套，對走在一旁的李聿融說：「她們唱的歌眞好聽，你關注她們很久了嗎？」

「我從國中就很喜歡她們，一路看著她們從默默無名的小樂團，到現在擁有廣大的粉絲，眞的很替她們開心。」

「哇！你好厲害，都可以發現這些與眾不同的事物。」

荏苒這句話讓李聿融一愣，湧上心頭更多的是溫暖，他遲疑地開口：「妳不會覺得我這樣很噁心嗎？」

「爲什麼會覺得噁心？」

「因爲……怎麼說……」他不知該如何啟齒，「就是外型像我這樣的人，感覺不應該出現在那裡。」

「其實我一直搞不懂，你爲什麼要說外型像你這樣的人不該怎樣。」荏苒是眞的不明白，自她發現李聿融非常喜歡看愛情片，甚至會在觀影過程中感動落淚後，李聿融時常對她說，他的外型與他所喜歡的事物並不相符。

荏苒都不知道，原來要喜歡某樣東西，自己的外型還必須要和那樣東西匹配才行。

然而李聿融很難向荏苒解釋他的心情，透過這些日子以來的相處與觀察，他知道荏苒不會爲此唾棄他，可同時他也因爲過往不愉快的經驗而感到害怕。

荏苒注意到李聿融的手微微顫抖，以爲他覺得冷，便掏出口袋的暖暖包塞進他手裡。

李聿融先是一呆，接著大笑出聲：「現在氣溫才幾度，妳就帶暖暖包，等冬天到了怎麼辦？」

「現在還不算冷嗎？」荏苒很震驚。

「是呀，看樣子妳很怕冷。不然等冬天快到的時候，我再帶妳去買暖爐？」此話一出，連李聿融自己都嚇了一跳，他居然主動和一個女生約定了未來。

「好呀！不過我家的冷氣機好像有暖氣功能……我回去看一下。」

說完，荏苒哼起了演唱會聽到的歌曲，李聿融也跟著哼了幾句，荏苒笑著看向他，兩人有默契地齊聲唱出副歌。

在這一刻，李聿融決定了，他要把那些事情告訴荏苒。

荏苒和那些女生不一樣，一定不一樣。

「荏苒。」他深吸一口氣，指向前方不遠處的小公園，「我們去那裡坐坐，我有話跟妳說。」

「天氣好冷喔，這邊離我家很近，有什麼話來我家說好了。」

李聿融倏地停下腳步，看了眼手錶，現在是晚上十一點，荏苒這個邀約是否別有用意？還是單純只是怕冷？應該不可能是後者這麼單「蠢」吧，況且以前荏苒就說過想和自己交往，儘管後來她對此絕口不提……

「爲什麼？」

「什麼爲什麼？」

「爲什麼這種時間邀我去妳家？」

「因爲外面很冷呀，你知道最近正値季節轉換，我已經感冒了兩次，超痛苦的。」荏苒揉揉鼻子。

一方面是長期基因改造之功，一方面是永平人的飲食皆由中央政府爲每個人各自的需求量身打造，永平人的身體向來非常健康，連感冒都罕有。

所以當荏苒在這裡第一次染上感冒時，頭疼發燒、喉嚨紅腫、鼻水不斷，她還以爲自己差點要死了，幸好在張析宇送她去看過醫生後，再配合充分的休息，短短幾天便恢復健康。

如果可以的話，她可不想再感冒了。

荏苒的心思很單純，她要避開所有會讓她染上感冒的危險因子，所以當然要避免深夜坐在公園吹冷風。

儘管荏苒這麼解釋，李聿融依然半信半疑。他知道荏苒性格天眞，可是再怎麼天眞，應該不會蠢到連半夜約男生去自己家是什麼意思都不明白吧？

「哈啾！」荏苒打了個大噴嚏，這讓李聿融瞬間沒了猶豫。

「我要先說，我沒有會錯意，也不會亂來，我是怕妳感冒，才答應這麼晚去妳家，跟妳說完要說的話，我就會馬上離開。」但他還是認爲把話說在前頭比較好。只是當他見到荏苒可憐兮兮地擤著鼻涕、一臉莫名的樣子，李聿融忽然覺得或許眞的是自己想太多了……

就在兩人快要抵達荏苒家巷口時，荏苒又看到了那個奇怪的女孩，這次她沒穿制服，身上套著一件有厚度的運動外套。

荏苒疑心大起，這麼晚了，女孩爲什麼還會在這裡？

女孩鬼使神差地忽然轉過頭，與荏苒和李聿融打了照面，她反應很快，立刻轉身往反方向跑，荏苒下意識追上去，而李聿融完全在狀況外，傻愣愣地站在原地。

「等一下！妳不要跑！」荏苒奔跑的速度很快，很快便抓住女孩的手腕，比起荏苒第一次撞到她那時，女孩纖細的手腕似乎稍微長了點肉，但也可能是她穿著厚外套的緣故。

這次荏苒終於看清楚女孩的臉，頂多才十三、四歲，眼神空洞，神情哀傷。

「妳……妳一直過來這裡，是有什麼事嗎？還是要找誰？」女孩臉上的表情讓荏苒莫名有些不忍，於是放柔了聲音。

「……妳住在那棟大樓的五〇三室嗎？」女孩開口，聲音細如蚊蚋。

「對，妳要找我？」

荏苒一答完話，女孩的眼淚便落了下來。

「妳……」荏苒正想問她怎麼了，女孩卻用力推開荏苒，朝後方跑去，纖細的身影很快消失在夜色裡。

此時，李聿融也追過來了，「妳認識她？」

「不認識，但她最近很常在我家巷口徘徊。」

「會不會是有朋友住在附近？」李聿融猜測，而荏苒並未多加解釋。

李聿融再次看了看錶，「我們先回妳家吧，不然時間會太晚。」

「好，走吧……」荏苒話還沒說完，一陣冷風驀地吹來，讓她又打了一個響亮的噴嚏。

李聿融無奈一笑，脫下外套披在荏苒身上。

「謝謝，但你不會冷嗎？」荏苒身高剛好到李聿融的肩膀，她披著他的外套仰頭看他的模樣，就像隻可愛的小動物。

「不、不會。」李聿融心臟猛然一抽，他意識到這不是他平時會做出的舉動。在那件事發生後，他根本不可能和女生獨處，更別說像現在這樣和女生去看電影或聽演唱會。很多時候李聿融都會告訴自己，那是因爲荏苒可以接受他的興趣與愛好，他覺得自己被信任、被接受，他和荏苒之間的相處很舒服、很安心。

可是李聿融也很清楚，他對荏苒必然有一定程度的好感，否則他不會多次與她相偕出遊，也不會脫下外套爲她披在身上。

上一次李聿融進到荏苒家中，已經是半年前的事了，那時他和張析宇、薛姍姍一同協助荏苒把一堆東西從大賣場搬回家。荏苒家中的布置，與他第一次來訪時相差甚大，電視機旁多了乾燥花束和香氛機，牆上掛著一片軟木板，上頭釘著好十幾張電影票根，有些是跟李聿融一起去看的，有些不是。

李聿融突然很好奇，除了自己，荏苒還跟誰去電影？

他想問，然而話卻梗在喉頭，他爲什麼要問？

「妳還蒐集電影票根呀？」所以他換了個方式問。

「對啊，別具紀念意義，還滿有趣的。」荏苒想著日後返回永平時，要把這些都帶回去。

這時，李聿融心中又有了別的想法，難道荏苒現在還喜歡自己嗎？所以她才會認為那些電影票根有紀念意義？

倘若眞是如此，他會覺得有點開心。

「荏苒，我有些事情想告訴妳。」李聿融看著她，「關於為什麼我會想要隱瞞我的興趣愛好，以及為什麼我會刻意和女生保持距離。」

「你長得很帥。」

這句話是李聿融截至目前為止的人生中，最常聽到別人對他說的話，從他有記憶起，類似的稱讚就伴隨著他一路成長。

他很喜歡聽到這樣的話，也因為帥氣的外表得到許多好處，就算做錯事，只要他稍微撒個嬌、裝個可愛或掉幾滴眼淚，就能得到大人的原諒。升上國小後，他也依然是同儕間的寵兒，他稍微皺起眉頭，大家便會順著他。

情況卻在李聿融國小五年級時有了變化。

他一直都喜歡和班上的女同學討論少女漫畫和卡通，以前明明都沒事，那時卻逐漸有些耳語出現，甚至有人當面揶揄他：「你喜歡這些只有女生才會喜歡的東西，該不會你也跟女生一樣喜歡男生吧？」

也有人笑他是娘娘腔。

小孩子有口無心，但被說的人還是會傷心，而那樣的傷心是眞切的。

於是李聿融開始下意識隱藏自己眞正的喜好，轉而與男生討論起他一點都沒興趣的機器人、摔角、賽車。

由於外表出眾，加上他言語風趣，具備領袖魅力，他身邊很快集結了一群男生，下課不是一起打球，就是討論那些男生會感興趣的話題。

李聿融這樣的自我僞裝一直延續到高中，久而久之，他也漸漸習慣了。當時，有個從國中就暗戀他的女孩，即使高中不同校，也時常過來找他，讓李聿融深受感動。儘管只是對女孩略有好感，但李聿融認爲這個女孩能喜歡自己這麼久，一定能接受最眞實的他，便試著與她交往。

第一次約會那天，他約了女孩去看愛情電影，女孩以爲此舉是爲了配合她的喜好，高興之餘，也覺得他很貼心。但是第二次、第三次約會，去電影院看的都是愛情電影，而且李聿融談論的話題也盡圍繞著女生喜歡的事物打轉，他甚至透露自己喜歡某幾位二次元的女性角色，還喜歡看愛情小說，這讓女孩感到幻滅，覺得眞正的李聿融與自己一開始認識的他有很大的出入。

「我覺得你的喜好應該更帥氣些，配合你的外型，去健身、衝浪、登山或是攀岩等，知道哪邊有好吃好玩的，帶我去很酷的店，認識很多不同的朋友……而不是只會沉浸在二次元的世界裡，爲愛情電影和愛情小說的劇情哭哭啼啼……」

「但我就是喜歡那些東西，妳不能接受這樣的我？」

「嗯……不太行，有點噁心呢。」

李聿融永遠記得，他只是對女孩略有好感，聽到這樣的話都感到錐心刺骨了，要是哪一天，他眞的喜歡上了誰，而對方也對他說出同樣的話，他能承受得了嗎？

但他又不想因此改變自己，放棄自己喜歡的事物。

他不認爲自己這樣有錯，卻也認爲自己好像有哪裡錯了。

但錯的是什麼？他的外表？他的喜好？還是旁人自行對他抱持的期許和想像？

他想不明白，但他明白必須要保護自己不受到傷害，所以他學會了更滴水不漏的隱藏手段，他告訴自己，下一次，他一定要更仔細地觀察對方，確定對方能接受眞正的他之後，才會允許對方走近。

然後，他遇到了荏苒，一個奇怪的女生，卻能接受他的一切。

也許不是只有荏苒能接受這樣的他，也許世界上也有很多女孩能夠接受這樣的他，只是就在這個合適的時間點，荏苒出現了，在最恰巧的時候，他們遇見了。

所以就是她了。

★

「然後呢？」張析宇聽得有些臉紅心跳，心口也莫名揪緊。

但荏苒看起來臉色如常，一點都不像是剛被喜歡的人告白的女生。

「沒有然後，之後李聿融就說他要回家了。」荏苒把棉被塞進被單裡。

「不是啊，妳不是一直喜歡李聿融嗎？好不容易他終於跟妳告白了，妳怎麼沒有反應？」張析宇今天過來，是受張品庭之託，要把出國帶回來的伴手禮轉交給荏苒，沒想到會聽到這麼勁爆的消息。

那個李聿融耶！任何女人都抓不住的李聿融，居然會主動向女生表白！

「他沒有說他喜歡我，也沒有說要跟我交往，那算是告白嗎？」荏苒將拉鍊拉上，用力甩了甩被子。

「白痴喔，那就是啊！嗯，應該吧。」被荏苒這麼反問，張析宇也不確定了。他抱起換下的床單與被單，走出房間來到陽臺。

荏苒跟著走到陽臺，看著張析宇將她的床單與被單塞進洗衣機，正想說些什麼，卻瞥見那個怪異的女孩出現在樓下巷口。

「那個女孩又來了。」荏苒說。

張析宇隨著她的視線看過去，「雖然她不像是什麼危險人物，但一直這樣盯著妳家這邊看，也讓人亂不舒服的。妳問過管理員了嗎？」

「我老是忘了問，現在打電話過去好了。」荏苒拿出手機，撥通管理員的電話。管理員聽完荏苒的敘述，安靜了半晌，最後請他們來樓下一趟。

「感覺管理員好像知道些隱情。」荏苒對張析宇說。

張析宇臉上的神情明顯寫著：看吧，早點問不就好了。

於是兩人一起搭電梯到樓下，只見管理員正低頭翻閱一本陳舊的簿子。

「伯伯，我是剛才打電話給你的五〇三住戶。」荏苒禮貌地開口。

雖然荏苒住的這棟大樓才蓋好不到五年，但這位年近七十的管理員，先前在附近大樓擔任管理員，所以這一帶發生過的事，他多少曾經耳聞。

「妳不是第一個跟我這麼反應的住戶了，說起來那個女孩也很可憐……」管理員將簿子放上櫃臺，裡頭登記著五年前曾經過來看屋的訪客資料。

「這裡，就是這位戴建明先生。」管理員指著簿子上的一行簽名，「當時他時常帶著一家三口過來看五〇三那戶，聽仲介說他們已經決定要買了，只差簽約。」

「後來發生了什麼事？爲什麼他們沒能買下這間房子？」荏苒問。

「就在簽約前夕，他們一家碰上嚴重的車禍，唯一倖免於難的就只有他女兒。儘管過了幾年，但她五官沒什麼變，我一眼就認出來了，我問她爲什麼最近一直過來這裡，她只是眼睛紅紅地看著我，沒有回答。」管理員說完，長嘆了一口氣。

張析宇和荏苒互望一眼，都覺得心酸，一路沉默著回到屋內。

「她會不會是想看看當初他們一家原本要住的房子？」荏苒忽然說。

「也是有可能……」見荏苒一臉若有所思，張析宇問：「怎麼了？妳在想什麼？」

「我有個想法，不過確切該怎麼做，還是得先找到那個女孩聊一聊才知道。」荏苒走到落地窗邊，果不其然，樓下已經沒了女孩的身影。

「先前聽妳提起那女孩後，我就根據妳的描述，透過她身上的制服，找到她就讀的學校。」張析宇拿出手機，調出畫面遞給荏苒，「妳看，她穿的制服就是這款沒錯吧。」

「你也太厲害了吧！」荏苒由衷感到佩服，那女孩穿的就是畫面中那款深藍色水手服。

「所以我們明天只要在放學時間，去到校門口守株待兔，就能找到她了。」受到稱讚的張析宇驕傲地抬起下巴，「找到她以後，妳到底有什麼打算？」

「你明天就知道了。」荏苒現在也懂得賣關子了。

雖然荏苒不認識女孩，但女孩臉上所流露出的濃厚憂傷，令她放心不下。

★

隔天荏苒下課後，去到張析宇的教室外等他。

先看見荏苒的是李聿融，他以爲她是來找他的，連忙快速收拾好東西，高興地走出教室，卻看見張析宇從後門出來與荏苒會合，兩個人有說有笑地並肩離開。

目睹這幕畫面的李聿融，心中盈滿失落與酸苦，在這一刻，他明白自己喜歡上荏苒了。

李聿融臉上的表情變化，清楚地落進薛姍姍的眼底，她強打起精神，裝作沒事般走到李聿融身邊：「你幹麼站在這裡發呆？」

「沒呀，我下午沒課，要回去了。」李聿融立刻換上另一副冷淡的神態。

「你也太急著走了吧，放心，我沒有要約你，只是想問一下，荏苒跟你說了嗎？」薛姍姍叫住他。

一聽到荏苒的名字，果然成功引起李聿融的注意。

「說什麼？」他問。

「一起去遊樂園玩的事。」

「去遊樂園？妳和我和她？」李聿融心想，這是什麼奇怪的組合？

「還有張析宇。」薛姍姍聳聳肩，「畢竟他跟荏苒很要好。」

她故意加了最後這一句。

「荏苒答應了嗎？」

「她說好啊，不信你可以問她。」薛姍姍明白李聿融的性格，懂得見好就收，所以主動向他道別，「那就先這樣啦，拜拜。」

見薛姍姍這次如此乾脆地離去，沒有對他多做糾纏，李聿融鬆了一口氣，立刻傳訊息給荏苒，問她是不是真有這件事。

荏苒很快就回覆了：「對呀！我忘了跟你說了。你這星期六有空嗎？」

想到星期六又能見到荏苒，李聿融的心情瞬間轉好了不少。

只是這樣的好心情，只持續到他走到校門口，瞥見荏苒坐在張析宇機車後座離去的前一刻。

★

由於只有荏苒見過那女孩的長相，加上若是一對成年男女站在國中校門口，或許會惹來學校教官或老師的關切，所以在與張析宇商量後，荏苒獨自來到校門口等待。

約莫五分鐘後，荏苒便找到了目標，一個身材瘦弱的女孩踽踽獨行，低垂著頭走出校門。

「嘿！」荏苒上前向她打招呼。

那女孩猛一見到荏苒，嚇得就想逃回學校，荏苒快步追過去。

教官走過來攔下荏苒：「妳是誰？找我們學校的學生做什麼？」

「我有很重要的事要找她，我是她朋友。」荏苒大喊。

荏苒這番話讓女孩腳步一頓，狐疑地轉過身來。

「朋友？」教官凌厲的目光上下打量荏苒，並不是很相信，「那妳說，她叫什麼名字？」

「她……她的名字……」荏苒支支吾吾，她怎麼可能會知道啦！

馬路對面的張析宇發現情況有異，卻因爲紅燈而一時過不來，正滿臉焦急地看著她。

荏苒猛地想起，女孩的爸爸在管理員的訪客登記簿上寫下過名字，她爸爸姓戴，

「戴……」

「戴縈。」女孩開口了，「教官，她是我的朋友。」

★

「跟您確認一下餐點，一杯咖啡、一杯可樂以及一杯橙汁，還需要些什麼嗎？」女服務生笑容可掬。

「這樣就可以了，謝謝。」張析宇回以微笑。雖然他在外型上不特別帥氣亮眼，但他溫暖親切的人格特質，為他帶來極好的人緣。

穿著深藍色水手服的女孩始終低著頭，雙手放在桌下，手指不安地交纏在一起，過長的劉海幾乎遮去她的雙眼。

「重新自我介紹，我是住在五〇三的屋主，我叫傅荏苒。」荏苒盡量放慢語速，戴縈就像隻容易受驚的小動物，荏苒深怕自己會驚嚇到她。

「啊，我是張析宇，大三學生。」張析宇也跟著自我介紹。

戴縈抬起頭，盛滿驚恐的大眼睛輪流在兩人身上打轉：「你們……是在交往嗎？我時常看到你們在一起……」

「沒有沒有沒有，我一個人住！」

「我們沒有在交往，我們只是好朋友！」

兩個人同時出聲反駁，臉上都帶著驚慌與窘迫，過激的反應引來戴縈輕輕一笑。

「所以妳每次過來，都是在觀望荏苒住的五〇三室，對吧？」張析宇想要跟她確認這件事。

「你們怎麼會知道要來這裡找我？」戴縈卻不答反問。

「張析宇認出了妳學校的制服。」荏苒誠懇地看著戴縈，希望能消除她心中的防備，讓她明白自己和張析宇沒有惡意。「我們也去問了大樓管理員，管理員還記得妳。」

張析宇接話：「管理員跟我們說了妳家的事。」

「那你們……來找我做什麼？要罵我嗎？」戴縈警戒起來。

「不是，不是這樣的！」荏苒立刻否認，深怕戴縈又會跳起來逃開，「我只是想問妳，妳一直過來看這間房子……有沒有什麼特別的原因？或者有沒有什麼我能幫得上忙的地方？」

戴縈沒想過會聽到這個答案，她猶豫片刻，最後從書包拿出一本邊緣都起了毛邊的筆記本，翻開其中一頁，上面繪製了五〇三室的平面圖。

「這是……」張析宇湊近一看，平面圖上還標有各個家具的擺放位置，像是冰箱、沙發、電視、床、櫃子等等。

「這是我爸爸畫的，我們曾經一起計畫，等搬到新家以後，要把家裡佈置成什麼樣子，那時候每天都很興奮地期待著就快要搬進去了……但我永遠看不到那個我和爸媽夢想中的家了。」戴縈頃刻間淚如雨下，荏苒趕緊從包包找出衛生紙給她。

等她情緒穩定點後，才將事情的始末娓娓道來。

那時戴縈國小五年級，爸媽終於存夠頭期款，準備買下新房子，結束租屋生活，爲此還去領養了一隻小狗。

不料在某個連續假期前夕，戴縈一家不幸碰上死亡車禍，她的父母當場身亡，只有她活了下來，卻也身受重傷。她花了好長一段時間復健，然而即便身體上的傷日漸康復，心理狀況卻始終抑鬱低落。

父親的遠房親戚收養了戴縈，連同那隻狗一起，把她照顧得無微不至，也給了她許多憐惜關愛。戴縈能感受到那份溫暖，也知道自己應該要好好活下去。

可是，她時常在午夜夢回之際，再次回到車禍現場，眼前所見一片血肉模糊，耳邊聽聞父母痛苦的悲鳴。然後她會發現自己站在高速公路上，周遭只有毀壞嚴重的車體，零件散落一地，她在空無一人的高速公路上尖叫奔跑，不斷叫喚父母，好不容易才在遙遠的前方看見父母的背影。

只是當她終於來到父母身後，並用力抱住他們，祈求他們帶她回家的時候，他們卻緩緩轉過身，面目猙獰，用指責的語氣說：「爲什麼只有妳還活著！」

她總是會在此刻從夢中驚醒，明知道父母不可能爲此責備她，她卻無法忘懷夢中的父母在說出這句話時，臉上那混雜著埋怨、憤恨與不甘的神情。

當車禍留下的傷痕逐漸痊癒，甚至連疤都快看不見時，戴縈開始擔心，她覺得那些傷痕是她與父母之間僅存的連結，現在連那些連結都要消失了，驚慌失措的她，拿刀在快要褪去的疤痕上再次弄出傷痕，希望這些傷痕跟她的父母一樣，永遠不要消失，即便如今父母只能在她的夢中以那種令人驚恐的模樣出現。

心理醫生告訴戴縈，這是倖存者的負罪感，要她別因自己活著而感到自責，同時也告訴她，她的父母不會責怪她，而是會很高興她能活下來。

這些簡單的道理，她當然明白，可她就是無法擺脫深重的負罪感。

直到某次上學途中，她無意間發現父親原本打算購入的新家，竟然離自己的學校這麼近。那天放學，她趕忙從父親的遺物翻找出他常用的筆記本，上頭寫滿入住新家後要怎麼佈置的願景。

她將筆記本緊緊擁入懷中，痛哭失聲。

往後，只要她做了惡夢，隔天便會來到荏苒住著的五〇三室樓下，幻想要是父母沒有離去，現在他們會在這裡過著什麼樣的生活？

母親會準備好點心，迎接放學歸來的她，她會先把書包放進房間，再來到餐桌旁邊坐下，一面吃點心，一面告訴媽媽今天學校發生了哪些事，而媽媽會邊聽邊爲晚餐備料。接著媽媽忙著煮飯，她去洗澡，然後回房寫功課，等到爸爸回家，全家才和樂融融地共進晚餐。

日復一日，年復一年，如此平凡無奇卻又滿溢著幸福的生活，卻再也不可得。

最糟糕的是，最近連在夢中都見不到父母了，只剩下她一個人在高速公路上無止境地狂奔……父母的形象變得越來越模糊，有時甚至連對著父母的照片，她都有種恍惚的感覺。

所以她讓自己不斷想像，要是他們一家共同生活在五〇三室，那會是什麼樣的光景，她選擇用這種方式抓住早已離去的父母。

「給你們添麻煩了，對不起。」戴縈羞愧地道歉，一顆晶瑩的淚珠沿著腮邊滾落。

「別這麼說。也許不一定能幫到妳什麼，但……妳要不要找時間來我家坐坐？」荏苒出乎意料的邀約，讓戴縈睜大了眼睛，她連連點頭，哭得連話都說不出來。

騎車載荏苒回去的路上，張析宇忍不住問：「妳之所以要找到戴縈，就是想邀她去妳家？」

「嗯，我想讓她看看五〇三室，也許可以……那叫什麼？抒解鄉愁？」

「這種說法用在這裡還真有點好笑。」張析宇笑著打了方向燈右轉，「我有個想法，但實際做起來可能有點麻煩，也要徵求妳的同意。」

聽過張析宇的想法後，荏苒欣然同意。

隔天，兩人蹺了一整天的課，待在荏苒家裡著手準備，並等待戴縈放學後來訪。算好時間，荏苒圍上圍裙，進到廚房準備點心，卻弄得一團糟，只得向張析宇求救。

張析宇手持平底鍋，手腕輕輕一抖，便成功爲鍋裡的鬆餅翻面。

「你好厲害，西元人都這麼會做菜嗎？」荏苒由衷感到佩服。

她毫不保留的稱讚，令張析宇得意洋洋，「不是人人都會，像我姊就完全不行。」

「那你怎麼這麼厲害？」荏苒眼中盈滿佩服。

「因爲我是天才嘍。」張析宇笑得眼睛都瞇起來了。

將做好的鬆餅放上餐桌，荏苒收到戴縈傳來的簡訊，表示她人已經在樓下。

稍早荏苒去找過管理員，向他說明戴縈稍晚會前來作客，見到她時，請他對她說一聲「回來啦」。

聽見管理員笑容滿面地對自己說出這句話，戴縈又驚又喜，而荏苒也提前將家裡的密碼告訴她，要她直接進門，不必摁電鈴，讓她受寵若驚。

戴縈步入電梯登上五樓，手心冒著冷汗，身體微微打顫。她猶豫了一下，嚥了嚥口水，才抬手輸入密碼，五〇三室的大門應聲打開。

伸手推開門，食物甜甜的香氣瀰漫在屋內，戴縈一愣，只見張析宇坐在沙發上看報紙，而荏苒穿著圍裙，從廚房探出頭來，笑盈盈道：「妳回來啦？」

一陣小狗的吠叫伴隨著急促的腳步聲響起，戴縈低下頭，她家裡養的那隻瑪爾濟斯搖著尾巴在她腳邊打轉。

「呆呆，妳怎麼會在……」戴縈彎腰抱起自家懷孕的小狗，目光不經意地掃視過客廳，隨即震驚得說不出話來，屋裡家具的擺設位置……和當初爸爸繪製的平面圖一樣！

一進門就能看見沙發，沙發旁邊有盞立燈，冰箱在開放式廚房的左側，陽臺上放著好幾盆盆栽，電視櫃上則陳列有爸爸蒐集的空酒瓶。

餐桌上是媽媽過去時常做給她當點心的鬆餅；貼在冰箱上的磁鐵，是她小時候透過便利商店集點活動蒐集的卡通套組；客廳角落有個小書櫃，放著一排媽媽喜歡的推理小說。

「快去房間放書包，再出來吃點心。」荏苒笑著說完，轉身面向流理台，作勢要切菜，「爸爸今天提早回來，我們可以早點吃飯。」

張析宇從沙發上起身，明明年紀有很大一段差距，也和戴建明長得一點都不像，可是在這一刻，戴縈在淚眼矇矓中，把張析宇看成了自己的父親。

原本都快忘記了啊，都記不太清爸爸的面容了，怎麼會在完全不同的人身上瞥見爸爸的影子？

戴縈搖搖晃晃地跪坐在地上，痛哭失聲，瑪爾濟斯犬連連躍起，試圖將前腳搭在她的肩上，似是想舐去她臉上的淚水。

張析宇慌了，不知該如何是好；荏苒很快從廚房奔過來，蹲在戴縈身邊，雙臂環抱住她，「別哭……別怕……沒事的……」

荏苒嗓音輕柔，宛如一首安眠曲，讓戴縈激動的情緒漸漸平復下來。接著荏苒朝張析宇使了個眼色，示意他也蹲下來，於是他跟著蹲下，笨拙地用手輕拍戴縈的背。

「謝謝你們爲我做的一切。」戴縈邊哭邊擁抱面前這兩位素昧平生，卻願意給予她這麼多幫助的人。

「嗚……嗚……汪汪……」此時，從戴縈家抱來的瑪爾濟斯犬忽然焦急地到處亂走，時不時用前腳抓地板。

「牠從剛剛就一直這樣，不知道是怎麼了。」荏苒說。永平沒有貓狗，她從未與小動物相處過，也不瞭解牠們的習性。

「等等，剛剛去接小狗過來的時候，阿姨說牠這幾天可能會生產……」張析宇說完，所有人都瞪大眼睛，面面相覷。

「可是牠現在蹦蹦跳跳，應該……還沒要生吧？」戴縈也不確定，她不知道小狗接近生產時會出現哪些徵兆。

「這、這……」而荏苒更別說了，她更是全然在狀況外。

張析宇不慌不忙地上網查詢小狗分娩資訊，並分別對兩個女生做出指示：「荏苒，妳去準備報紙和毛巾，找找看有沒有紙箱；戴縈，妳陪在呆呆身邊，給牠一些安全感。」

他則衝進荏苒房內把床頭燈抱出來，並拔起燈罩；荏苒也備齊了紙箱、報紙和毛巾，在他的吩咐下將報紙塞進紙箱。

「牠、牠流水了！」戴縈驚呼，呆呆的下半身流出淡淡的粉紅色液體，而且量越來越多。

「破水了，快把牠抱進紙箱！」張析宇大喊，隨後打開床頭燈，讓呆呆保暖。

「接下來我們要做什麼？」荏苒緊張兮兮地蹲在紙箱旁邊。

「戴縈，妳快點鼓勵呆呆，跟牠說話，要牠加油。」張析宇參照網路上的資訊，有條不紊地指導戴縈行事。

呆呆的生產過程並不順利，過了三十分鐘，連第一隻小狗都還沒能生出來，戴縈眼眶都紅了，張析宇趕忙上網找尋附近的動物醫院，考慮是不是要把呆呆送過去。

「呆呆，加油，不要放棄！」戴縈哽咽地喊著，「妳一定可以的！」

就在這時候，第一隻包覆在胎衣裡的小狗終於從產道滑了出來，三人爆出一陣驚天動地的歡呼，荏苒甚至忘情地抱住張析宇。

呆呆咬破胎衣，努力舔舐小狗身上的黏液，並咬斷臍帶，展示出爲母則強的一面。

「再來我要怎麼做？」戴縈問。

「我們在一旁觀察就好，必要時再幫忙。放心，呆呆做得很好。」儘管嘴上說得鎮定，其實張析宇也激動得全身顫抖，而他懷中的荏苒更早已感動落淚，她從來沒想過自己能親眼見證生命的降臨。

很快地，呆呆誕下了第二隻小狗，第一隻小狗已經在吸吮呆呆的乳汁，還發出嗚嗚的叫聲，然而第三隻小狗卻遲遲未能生出來，張析宇要戴縈輕輕按壓呆呆的肚子，呆呆舔了下戴縈的手，眼睛一直看著戴縈，彷彿在要她安心。

戴縈忍不住落淚，爲呆呆成爲母親之後的勇敢與強韌感到動容。

最後呆呆總共生出了四隻小狗，每隻小狗都很健康活潑，全都擠在呆呆身邊努力吸奶。

三個人終於鬆了一口氣，戴縈摸著呆呆的頭說：「妳做得很好，妳好棒。」

她想起掩埋在記憶中的一幕畫面，在車子將要翻覆之際，坐在前座的父母轉過頭來，伸長了手臂想要抓住她，企圖保護她。他們沒有爲了即將到臨的災禍恐懼驚慌，在生命的最後，他們在乎的還是自己的孩子。

戴縈差點就要忘了那一幕，差點忘了當時父母有多麼希望她能活下來。

「謝謝妳，呆呆，謝謝妳……」直到目睹新生命的誕生，也目睹呆呆努力要生下小狗的堅強，她才眞正能夠和父母的死亡道別。

一個小時後，戴縈的阿姨開車過來接戴縈，順帶帶呆呆去動物醫院做檢查。

「謝謝你們為我做的一切。」戴縈露出如釋重負的微笑，對著荏苒和張析宇深深一鞠躬。

「我們也沒做什麼。」荏苒有些不好意思。

「你們做的可多了，至少目前我有了一個新目標，就是好好照顧呆呆和牠的小孩，像爸爸媽媽曾經照顧我那樣。」戴縈握住他們兩個人的手，「真的真的很謝謝你們。」

「妳說太多謝謝了。」張析宇舉起另一隻手摸了摸戴縈的頭，「妳一定能做得很好的。」

看著張析宇臉上那溫柔的笑容，戴縈也跟著笑了，並對一旁的荏苒說：「姊姊要是不抓好哥哥，等我長大了，可能會來跟妳搶喔。」

「什、什麼！」荏苒驚得心臟重重一跳，張析宇也呆住了。

「再見了，要相親相愛喔！」戴縈朝他們揮揮手，腳步輕盈地往停在路邊的轎車奔去。

望著戴縈離去的身影，荏苒相信她以後不會再站在樓下巷口徘徊了，她終於可以揮別過去了。

所謂的揮別過去，並非就此將過往的傷痛拋在腦後，而是將那些傷痛轉化為成長的養分，讓自己站得更挺直堅強。

「你剛才的表現真的很出乎意料，好冷靜、好帥呀！」荏苒看向張析宇笑嘻嘻道，要不是張析宇指揮若定，自己和戴縈一定會更加慌亂無措。

「這又沒什麼。」張析宇抓抓頭，不好意思地笑了。

「我是說真的，還有你居然記得戴縈她爸爸畫的的那張平面圖，明明只看過一眼。」荏苒按下電梯按鈕。

荏苒當初想得很簡單，只打算邀戴縈過來看看五〇三室，張析宇的設想卻更深一層，他將荏苒家中客廳和廚房的家具，參照戴建明繪製的平面圖重新擺放，雖然無法做到完全吻合，但至少沙發、書櫃、冰箱、餐桌的擺放位置都與平面圖相符。

而這樣的安排，也的確給了戴縈一個大驚喜。

「那也沒什麼，要不是妳說要去找戴縈，我也不會想到要這麼做。」張析宇看向荏苒，發自肺腑地說：「厲害的是妳，一直以來都是妳。」

況且，張析宇之所以會那麼做，也是希望荏苒能藉由戴縈這件事站起來。當他聽聞戴縈傷痛的過去，便想起荏苒也經歷過相似的遭遇，才會導致她沉浸在自己編造出來的幻想世界裡。

他最想幫助的，其實是荏苒。

兩人並肩走入電梯，張析宇溫柔的雙眼始終注視著荏苒，她察覺到他的目光，心中覺得溫暖，又覺得不好意思，她笑了笑，先是低下頭，復又抬起，迎向張析宇的視線。

對望一陣，他好像朝她靠近了些，即便荏苒身後還有空間可以退開，她卻沒想要閃躲，只下意識地閉上眼睛，她甚至不知道自己為什麼會這麼做，她敏銳地捕捉到張析宇的氣息輕輕噴吐在她的臉上。

叮。

電梯抵達五樓。

兩個人嚇了一跳，同時睜開眼睛，發現對方近在咫尺，馬上各自往後跳開。

「那、那個，我該回家了。」張析宇尷尬地說。

「你、你的東西還在我家，先進來拿……」荏苒緊張地輸入密碼，卻錯了好幾次，好不容易才打開門。

張析宇拿起鑰匙和錢包便要離開，「明、明天從遊樂園回來以後，我再過來幫妳把家具歸位……」

「好、好的，你路上小心。」

荏苒站在家門口，看著張析宇按下電梯按鈕，電梯門打開，他走進電梯，在電梯門關起時，她小小驚叫了一聲，張析宇連忙重新打開電梯門，探出頭問：「怎、怎麼了？」

「你、你到家的時候，跟我說一聲……」荏苒輕聲說，感覺到自己耳根發燙，很不自在。

聽到她這麼說，又見她一副扭捏的模樣，張析宇情不自禁笑了。

這是半年前那個口口聲聲說要找人生小孩的怪女孩嗎？

怎麼現在變得這麼可愛？

「嗯，我到家打給妳。」他再次對她一笑，拿著車鑰匙的手對她揮了揮。

張析宇說話的語調，輕柔得宛如隨著電梯門關閉時揚起的風，一路吹往了荏苒心裡。

她沒有多想便跑向陽臺，等待著張析宇的身影再次出現。

兩分鐘後，張析宇走到機車旁邊，拿出安全帽戴上，忽然抬起了頭，與站在陽臺上的荏苒四目相交，他先是一愣，隨即露出大大的笑容，高舉雙手對她揮舞。

荏苒也回以同樣的動作，笑盈盈地與他進行無聲的道別。

第七章　一場沒有盡頭的陪伴

「這是第二顆球。」

傅采茜在節目錄製結束後，提著宵夜來到荏苒家，儘管注意到屋裡的擺設不太一樣，卻因疲累而沒有心力多問。

荏苒接過紅色塑膠球，塑膠球的外殼同樣刻著今天的日期，她大猜到是怎麼一回事。她打開塑膠球，球裡也同樣裝著一張摺起來的紙條，上面寫著：

妳成功讓戴縈重拾微笑，恭喜妳完成第一個任務。

「咦？」荏苒非常驚訝，她以為自己完成的是第三個任務，沒想到卻是第一個——幫助一個人找到人生目標。

「在幫助那些人的時候，妳事先知道他們是妳的任務人選嗎？」傅采茜難得主動問起任務的細節。

荏苒搖搖頭，將紙條摺好放回塑膠球內，並將紅球收入櫃子，和另一顆紅球作伴。

「最一開始，我在接觸每一個人時，心裡都會想，或許對方可以是我的任務人選。但到了後來，我的所作所爲都是出自眞心，不考慮其他，我不知道對方是不是任務人選，也不在意他們是不是任務人選。」荏苒覺得自己變得好奇怪，她很久沒有想起「生小孩」這件事了，明明這才是她來到西元的目的啊。

傅采茜沒有回話，只是坐在旁邊繼續吃滷味。

「我有時候會想，是不是因爲我每天都對著手環講述我遇見了誰、發生了哪些事，而文妲在得知後，才推斷出哪些人是我的任務人選，然後派妳送來了紅色塑膠球與藏在裡面的紙條。」荏苒提出自己先前的猜測。

「這也有可能，不過我不會向妳透露。」傅采茜吃東西的速度特別快，十分鐘不到便解決掉一大包滷味，「我要先離開了，明天一早還有節目要錄。」

「羅貝斯。」

荏苒忽然喊了傅采茜的另一個名字，這讓正在玄關穿鞋的她停下動作。

「好久沒有人喊我這個名字了。」傅采茜背對著荏苒，荏苒看不到她的表情。

「妳更喜歡人家喊妳哪個名字？」

「這個問題是什麼意思？」傅采茜依舊沒有轉過頭。

「我只是在想，等到任務完成的那一天，妳會想回到永平嗎？」

「妳不想回去？」傅采茜終於轉過了頭，雙眼帶著些許疑惑，不過似乎並不意外，她重複了一次問題，「妳不想回去了嗎？」

「沒有……我只是好奇，妳在西元生活了十多年，獲得了這麼多東西，看起來也樂在其中，眞的能夠……瀟灑地放下一切？」荏苒捏著自己的手指，她才過來西元不到一年，就有了許多深刻的感觸，也與不少人建立起深厚的情誼。

「從一開始我就知道，自己是爲了任務而來。」傅采茜站直身體，深吸一口氣，等著荏苒往下說。

「我也是爲了任務而來，我知道自己該做什麼……」荏苒咬緊下唇。

傅采茜見她沒打算再說，便要她別胡思亂想，旋即離去。

「大概是我的問題吧。我該全心全意爲永平的永續與未來著想，當我問傅采茜是否會想回到永平時，我就已經背叛了永平。」荏苒對著手環喃喃錄下這段話，要是文姮眞能即時收到手環裡的語音紀錄，那麼文姮會聽見她的猶豫。

這個星期六陽光普照，天空萬里無雲，空氣帶有些許涼意，迎面吹來的微風舒適宜人，是個適合出遊的好日子。

所有人都準時出現在約定的公車站，等候遊樂園的接駁車。荏苒穿著針織上衣和緊身牛仔褲，配上鵝黃色的大衣；薛姍姍則走優雅路線，用電棒捲爲長髮製造出鬈度，並以精巧的羊皮短靴搭配百褶長裙。

一見到張析宇，荏苒便回想起昨天電梯裡的情景，心下有幾分害羞，扭捏著不敢看向他，而張析宇也一樣，只敢偶爾偷偷朝荏苒瞥去一眼。

兩人怪異的互動看在人類觀察家薛姍姍眼裡，心中頓時了然。

「妳今天穿得很可愛耶！」李聿融稱讚了荏苒的穿搭，嘴角含笑，眼神溫柔。

薛姍姍心想，李聿融從來沒有用這種態度對哪個女生說過這樣的話，由此就能看出荏苒對他的特別。可惡！荏苒這個巫女，她到底施展了什麼巫術，讓兩個男生都對她有意思啊？

原本薛姍姍打算上了接駁公車要坐在李聿融旁邊，看樣子不太可能了，所以她改爲死巴著荏苒，至少要讓她沒辦法跟李聿融坐在一起！

「我們坐那裡。」薛姍姍拉著荏苒在前排的兩人座坐下，兩個男生則坐在最後一排。

荏苒悄悄鬆了一口氣，今天她一站得離張析宇稍微近些，心臟便跳得飛快，實在沒辦法和他獨處。

薛姍姍回頭看了一眼，確認兩個男生聽不見她們的對話後，才低聲向荏苒說：「我今天會跟李聿融告白。」

「欸？」荏苒很驚訝。

「如果被拒絕……我知道一定會被拒絕啦，可是總覺得不說出口，我就沒辦法對自己有個交代。」

「交代？」

「就算要放棄，也要被拒絕才能放棄。」薛姍姍呶呶嘴，「我自認為自己堅持得夠久了，從大一到現在都三年多了，李聿融從沒給過我機會，再這樣下去，我會變成那種我最討厭的死纏爛打型女生。」

最重要的是，先前她能堅持繼續喜歡李聿融，是因為李聿融始終保持單身，從來沒見他對哪個女生有過一丁點興趣，然而從方才李聿融看向荏苒的一個眼神，就足以讓她理解，李聿融喜歡上荏苒了。

在這種情況下，再不讓自己死心，只是延長痛苦的時間罷了。

「希望妳能好好對待李聿融。」然後薛姍姍這麼說。

「我只是想要……」跟李聿融生小孩而已。

荏苒沒有把話說完，她停下了。

為什麼她忽然覺得這件事有點討厭？

自己來到西元，就是為了找到擁有完美基因的男人，並與對方結合、生下孩子，為此她已經努力完成了兩個任務，可是如今……她卻猶豫了，是的，她猶豫了，所以她才會問傅采茜那個問題。

「妳和張析宇怎麼了？」

薛姍姍的問話令荏苒一驚，頓時方寸大亂，「什麼怎麼了？我跟他沒怎樣啊……」

「少來，我光看就知道了，我眼睛可是非常雪亮的。」薛姍姍用力捏了下荏苒的臉。

「就……」她遲疑著要不要告訴薛姍姍。

「妳遲疑個屁啊！我什麼都跟妳說了，妳幹麼不跟我說！」薛姍姍壓低聲音，再次捏了荏苒的臉一把。

坐在最後一排的李聿融和張析宇，即便聽不到兩個女生的對話內容，也能看到薛姍姍對荏苒動手動腳。

「欸，薛姍姍那是在幹麼？她是在欺負荏苒嗎？」李聿融知道薛姍姍喜歡自己，也知道薛姍姍看出自己對荏苒有意，所以有點擔心行事作風強勢的薛姍姍，會對荏苒不友善。

「我覺得姍姍不會那樣。」在張析宇眼裡看來，就只是兩個感情不錯的女生打打鬧鬧。

「那是因爲你喜歡薛姍姍，才會情人眼裡出西施，你不明白薛姍姍的本性。」

「才不是那樣。」張析宇想也不想便反駁。

「好啦，是我的錯，我不該一直說薛姍姍壞話。」李聿融聳肩。

張析宇卻愣住了，他方才是在反駁李聿融的哪一句話？是薛姍姍本性不是李聿融說的那樣？還是他沒有喜歡薛姍姍？

「話說……你前幾天不是和荏苒出去嗎？」李聿融裝作漫不經心地提問。

「哪天啊？」張析宇和荏苒碰面的次數很多，就像今天結束後，他也要陪荏苒回家，幫她把家裡的家具歸位。

「有一次我碰巧看見她來教室找你，然後你們匆匆忙忙騎著機車離開……」李聿融有些不是滋味，荏苒過來教室的時候，甚至沒有想到要和也在教室的他打聲招呼。

「喔……」張析宇想起來了，那天他和荏苒約好要去戴縈學校門口找人，不過這件事涉及戴縈的隱私，他不方便多言，只聳聳肩，簡略答道：「就有點事。」

見張析宇擺明不想回答，李聿融心中很介意，但他不是那種會窮追猛打、非要問出個結果的人，便不再追問下去。

「我今天要跟荏苒告白。」不過，他還是能先說出這句話。

「啥？」張析宇差點被口水嗆到，「什麼意思？」

「就是告白啊，還有什麼意思？」李聿融覺得好笑，拍拍他的肩膀，「你看要不要也快點跟薛姍姍告白，讓下一次的四人出遊變成真正的double date。」

張析宇感到微微的暈眩，眼前景物也有些扭曲。荏苒曾經口口聲聲說要和李聿融生孩子，背後的原因是她想有個幸福的家庭，想有人長久地陪伴在她身邊，而那個人就是李聿融。

雖然對於荏苒是否眞的喜歡李聿融這件事，他多少抱持懷疑的態度，不過荏苒應該確實對李聿融懷有好感，不然也不會三番兩次跟他單獨出去看電影了。

張析宇又想，可是這段時間以來，荏苒與自己無話不談，什麼心事都會告訴他，只與他一個人分享她幻想出來的世界，甚至昨天在電梯裡，她還閉上了眼睛，像是等待著他的親吻……這樣的她，還喜歡著李聿融嗎？

而自己，還喜歡著薛姍姍嗎？

「終於到了！」下了接駁公車後，荏苒伸了個大大的懶腰，深吸一口氣，儘管西元時期空氣品質不佳，但她早已習慣，並且快要忘了吸入永平那極度純淨的空氣是什麼感覺了。

「先挑個刺激的玩，直接high到最高點如何？」薛姍姍在遊客中心拿了一份導覽，邊翻看邊說。

「我覺得應該先去玩旋轉木馬之類的吧。」李聿融立刻否決了她的提議。他記得這間樂園的旋轉木馬走夢幻路線，許多網美都曾拍照上傳，他很想去看看。

不過他這樣的說法卻被薛姍姍認爲是顧及她們女生的喜好，所以她笑著要李聿融儘管可以選擇自己感興趣的遊樂設施。

李聿融這才猛然驚覺，他和荏苒待在一起的時間太長了，才會過於自然而然地坦露自己真正的喜好，卻忘了從別人眼中看來，自己是個喜歡挑戰刺激的男人。他摸了摸鼻子，不再說話。

「荏苒想要玩什麼？」站在荏苒身邊的張析宇低聲問。

「這裡會有海嗎？」

「海？這裡沒有。」他停頓了一下，「妳想看海？」

「嗯，我在西元還沒看過海。」

「下次有機會，我再帶妳去。」張析宇說的不是「再找大家一起去」，而是「我再帶妳去」。

或許連張析宇自己都沒意識到這兩句話的差異，荏苒亦是如此，她開心地笑了，隨後注意到張析宇身後有座圓盤狀的大型遊樂設施。

「那是什麼？」荏苒指向後方，眾人回頭。

「摩天輪，還是大家要先搭摩天輪？」李聿融又說。

「啊，我有懼高症，我無法。」薛姍姍舉手拒絕。

「那妳剛才還說要搭雲霄飛車？」張析宇笑著調侃她。

「不一樣，雲霄飛車速度很快，那種我不會怕，但是摩天輪在半空中慢慢轉，我覺得很恐怖。」薛姍姍邊說邊打哆嗦，「沒關係，你們去搭，我在下面等就好。」

張析宇看了眼李聿融和荏苒，覺得自己必須要確認一件事，所以對著薛姍姍說：「不然這樣好了，我們兩個去排海盜船，李聿融和荏苒去搭摩天輪。」

張析宇的提議讓薛姍姍大驚失色，心想怎麼能讓他們兩個獨處！

同時也讓李聿融一喜，暗暗感謝張析宇的助攻。

「沒關係，那就不要搭摩天輪了，我們一起去排海盜船吧。」荏苒卻發話。

「但我也想搭摩天輪！」李聿融連忙出聲，他要把握與荏苒獨處的機會，在今天跟她告白才行。

「大家一起行動，不是比較有趣嗎？」荏苒嘟嘴。在她的認知裡，過來遊樂園，就是要一群朋友一起行動，這樣才好玩啊！

荏苒這番話，頓時讓其他人明白了一件事——

荏苒並不喜歡李聿融。

領悟到這點後，張析宇的嘴角難以抑制地揚起，他輕咳一聲，微微側轉過頭，不想讓別人察覺他的喜悅，只是下一秒，他驀地思及李聿融此刻的心情，心中不由得一沉。

「那、那我們走吧。」薛姍姍露出尷尬的笑容。得知荏苒無意於李聿融後，她並沒有為此感到開心，望著李聿融備受打擊的面容，她更加確定了李聿融單戀荏苒的心意，以及李聿融心中從來沒有過自己，現在沒有，未來也不會有。

張析宇等三人各懷心思，沉默不語，只有荏苒踏著輕快的腳步，一路往海盜船的方向走去。

男生們去排隊買午餐，兩個女生負責在座位區找位子，很幸運地找到一處四人座空位坐下。

荏苒低頭傳訊息給張析宇，告訴他座位在哪裡。

「妳傳訊息給誰？」薛姍姍問。

「張析宇啊。」荏苒放下手機，「怎麼了？」

「爲什麼不是傳給李聿融？」

荏苒不解，「爲什麼要傳給李聿融？」

「欸，妳老實說吧，其實妳並不喜歡李聿融，對吧？」

「爲什麼這麼問？」

「妳的態度和行爲都不像是喜歡他，你們的確會一起出去，可是……」薛姍姍嘆了口氣，「如果妳喜歡李聿融，剛才妳會和他單獨去搭摩天輪；如果妳喜歡李聿融，那妳會傳訊息給他，而不是張析宇。」

「但是我跟張析宇比較熟啊。」荏苒理直氣壯地辯解。

「那好，如果剛才是李聿融陪我去排海盜船，張析宇和妳去搭摩天輪呢？」

「那我就跟他去搭摩天輪啊。」荏苒不假思索道，「那不一樣，因爲我和張析宇很要好。」

荏苒認爲，張析宇知道她來自未來，知道自己所有的祕密，這樣的張析宇，是自己最親密、最能信任的對象。

「荏苒，妳有夠笨的，妳是喜歡上張析宇了吧！」薛姍姍翻了個大白眼，「李聿融都已經喜歡上妳了，妳卻喜歡上張析宇？還是說從一開始，妳就沒有喜歡過李聿融？」

荏苒心中茫然一片，她一直以來都沒有喜歡過李聿融啊，不過，她也沒有喜歡張析宇……

「我只是想跟他生孩子……」荏苒低喃。

「跟誰？」薛姍姍瞪大眼睛。

「李聿融啊。」

「妳是想跟他上床，還是想跟他生孩子？」薛姍姍以爲自己聽錯了。

「生孩子不是就得上床？」這點常識荏苒還是有的。

「但是上床不見得是要生孩子啊。」薛姍姍被荏苒的話嚇傻了，「妳爲什麼想跟李聿融生孩子？」

「因爲他基因優良。」荏苒老實回答，只是沒告訴薛姍姍她來自未來。

「妳又不愛他，他基因優良有什麼用？」

「可以生下完美的後代呀。」

「完美的後代？」薛姍姍感到不可思議，「和自己所愛的人誕育後代，那才叫做生下完美的後代吧？」

「不，所謂的『完美的後代』，是指那個孩子不會有基因缺陷、不會有過多不必要的情感，並且懂得以公眾利益為重。」荏苒認眞解釋給薛姍姍聽。

「荏苒，妳好奇怪，眞的！」薛姍姍皺眉，「妳該想的是和最愛的人在一起，在一起久了，或許就會想要有個孩子，而無論那個孩子是否完美，他在你們心中也一定是完美的。」

「我不能理解這樣的說法。」荏苒吶吶地說，自來到西元後，這樣的說法她不是第一次聽見了。

依據文姐的指示，與基因優良的西元人誕育後代，最終目的是為了要改善永平人的基因，讓永平人得以永續生存，如果選擇與自己最愛的人誕育後代，罔顧人類種族的未來，那太自私了。

「啊！」薛姍姍忽然注意到，不知何時，兩個男生已然出現在座位不遠處，並旁聽了她們的一大段對話。

「荏苒，所以妳並不喜歡我，是嗎？」李聿融手上端著放滿餐點的托盤，臉色慘白，「妳從剛認識我，就說要跟我生小孩，我一開始沒放在心上，畢竟正常人誰會……說這種話，可到了最近，我又把這句話放在了心上，畢竟誰又會……對不喜歡的人說這種話？」

荏苒立刻站了起來，她覺得自己像是做錯了什麼事，儘管她不知道自己是否真的有做錯什麼事。

「李聿融……」張析宇想要安撫他。

「荏苒，我喜歡妳，妳要跟我交往嗎？」這跟李聿融原本想像的告白場景完全不一樣，至少不該在人這麼多的地方，可是他控制不了自己，他迫切地想讓荏苒明白自己的心意。

像李聿融外型如此出眾的男人，行事再怎麼低調，都能輕易引來女孩的注意，遑論他居然在大庭廣眾之下告白。即便坐在附近的遊客沒有明目張膽地看過來，但他們全都豎起耳朵，專心聆聽後續發展。

「我……」荏苒慌了，下意識看了張析宇一眼。

李聿融把荏苒的反應看在眼裡，他輕輕一笑，將托盤放在桌上，「我明白了，今天我可能沒辦法和你們繼續玩了。」

說完，李聿融轉身大步離去。

「等一下，李……」張析宇想叫住他。

「你叫住他要做什麼？」薛姍姍拿起包包，「你們兩個太明顯了，我……算了，說什麼也無濟於事，這種事誰也不欠誰。」

「姍姍……」荏苒也不知道自己該說什麼。

「我就和李聿融先回去了，你們繼續玩吧。」她輕扯嘴角，她沒有怪罪他們，也沒資格怪罪他們。

目送薛姍姍朝李聿融狂奔而去，張析宇和荏苒互望一眼，默默地坐下，看著桌上四人份的餐點，既覺得疲憊，卻也鬆了一口氣。

「李聿融！」薛姍姍氣喘吁吁地追上來到接駁車站牌旁邊等車的李聿融。

「我現在沒心情跟妳說話，妳也別想趁虛而入。」當眾告白被拒，李聿融非常不高興，也覺得無地自容。老實說，他原本有七八成的把握，不料荏苒喜歡的竟是張析宇，到底是什麼時候發生的事啦？

「你會不會太自視甚高了？李聿融，你把我當成什麼啦？」薛姍姍雙手叉腰，「我承認我喜歡你，但我也是有自尊的好嗎？你以爲我不知道你私底下跟其他人說我有多膚淺、多勢利嗎？我承認我喜歡你是因爲你長得帥，但帥眞的可以當飯吃嗎？這麼多年了，我是因爲看見了你的內在，才一直喜歡你的！」

「我的內在？妳看見什麼了？」李聿融冷笑，「妳又不了解我，逕自就說喜歡我的內在，妳才太自以爲是！」

「那你有想過要讓我了解嗎？你有給過別人了解的機會嗎？」薛姍姍很委屈。

「是妳自己先說妳看見了我的內在……」李聿融看著薛姍姍盈滿淚光的眼睛，「女生講不贏的時候，就會拿眼淚當工具。」

「我可沒打算這麼做！」薛姍姍找出面紙，擦掉即將奪眶而出的淚水，「反正不管怎樣，我們還是得搭同一班車回去，謝謝你拒絕我，這下子我不會再纏著你了！」

「那眞是太好了。」李聿融雙手插進口袋，像個幼稚的孩子般忿忿地撇過頭。

一輛接駁車緩緩駛來，上了車後，兩個人一前一後坐得老遠，連看都不看對方一眼。但說也奇怪，經過與薛姍姍的一場吵嘴，以及她不算陪伴的陪伴，李聿融覺得自己似乎沒那麼寂寞了。

而被「丟下」的張析宇和荏苒，在討論過後，認爲就這樣回去有點矯情，加上平心而論，荏苒並沒有做錯什麼，所以……

「下午要不要留下來繼續玩？」張析宇問。

「嗯。」荏苒立刻點頭同意，隨即想起薛姍姍說的好像沒錯，她總是不加考慮便應下張析宇提出的邀約。

兩人吃完午餐後，在園區裡走走逛逛，拍了幾張照片，還搭了旋轉木馬和咖啡杯，最後再轉往雲霄飛車，讓興奮的尖叫聲與笑聲灑落在半空中。

「妳的鞋帶鬆了。」張析宇忽然輕聲說，在荏苒還沒來得及反應之前，他已經彎下腰，爲荏苒重新繫好蝴蝶結。

看著那雙修長靈巧的手指，荏苒覺得自己又發現張析宇的一項優點，他總是細心地照料她的大小事。

此時，一架飛機橫過頭上的天空，荏苒抬頭望去，這是她第一次這麼近目睹在永平已不復存在的飛機，也是她第一次清楚感受「喜歡」的另一層涵義。

夕陽西下之際，荏苒和張析宇搭上摩天輪，落日餘暉籠罩著整座摩天輪車廂，兩人沐浴在霞光之下，靜靜地看著彼此，不約而同笑了起來。

在這一瞬間，兩人的笑容看在對方眼裡，是如此的燦爛奪目。

搭車回到市區後，張析宇接到李玉佳的來電，問他有沒有要回家吃晚飯，張析宇說自己正準備去荏苒家，幫忙把家具歸位。

李玉佳卻堅持要張析宇把荏苒帶回家裡一同用餐，說是很久沒見到她了。

「我媽要我帶妳過來我家吃飯，不過這樣的話，可能要明天才能幫妳把家具歸位了。」

「好啊，我也很久沒見到叔叔阿姨了，很謝謝他們從一開始就這麼幫助我。」荏苒雙手合十，笑得瞇起雙眼，「也要謝謝你，一直都這麼相信我。」

「妳是說……關於永平的事情？」

「是呀。」

荏苒的感謝讓張析宇生出些許罪惡感。他其實並不相信荏苒口中那些關於永平的敘述，他只是因爲知道荏苒生病了，所以才會耐心陪著她沉浸在虛幻的世界裡。

儘管當荏苒說得繪聲繪影時，他有時候也會懷疑，荏苒所言是否確有其事，但那實在太過於離奇，他的理智總會在最後一刻回籠。

不過，無論如何，他都肯定自己會一直像現在這樣陪在荏苒身邊。

是啊，張析宇知道自己已經在不知不覺間喜歡上荏苒了。

★

「荏苒！好久不見！」張品庭眉開眼笑地上前抱住荏苒。

回抱住張品庭時，荏苒注意到趙恩洸也坐在客廳，正笑嘻嘻地望著她。

「品庭姊，現在很幸福喔，都沒找我一起出去玩了。」荏苒打趣張品庭。

「還會調侃我了啊？」張品庭笑著將荏苒拉進家中，瞥了一眼張析宇，反調侃她，「看來妳跟析宇感情也很好呀。」

「白痴喔！」張析宇馬上回了句，臉上迅速紅起，看在張品庭眼中，心下更是明白了幾分。

「荏苒，好久不見了，最近過得怎麼樣？」李玉佳一見到荏苒便拉著她的手噓寒問暖，畢竟她和張至堯對荏苒所留下的印象，還是那個被父母拋棄的可憐女孩。

「阿姨好，謝謝妳今天請我過來吃飯。」荏苒從李玉佳身上感受到她過去從未感受過的，屬於母親的溫暖。

「說不定以後她會常常過來吃飯。」張品庭又再次出言調侃，同時對張析宇擠眉弄眼。

「妳真的是！」張析宇連耳根子都紅了，卻無從反駁。

「有時間就多過來坐坐，不然妳阿姨多無聊。」張至堯笑著插話。

「是呀，下個星期六過來陪阿姨做蛋糕吧？自從品庭有了新工作和男友以後，就很少陪我了。」李玉佳不忘偷偷抱怨一下女兒。

「之前我待在家裡嫌我是米蟲，現在我出去工作又說我不陪妳？女兒難為。」張品庭無奈地兩手一攤。

「不然下個星期六女生在家裡陪她做蛋糕，男生都跟我釣魚去吧。」張至堯擅自定下所有人的行程，張析宇抱怨連連，說自己討厭釣魚，而趙恩洸儘管不太情願，卻不好拒絕女友父親的安排。

那一頓晚餐在說說笑笑中度過，荏苒非常開心，同時有了另一個想法。

她喜愛自己在西元的生活，甚至不想離開西元，文妲所交付的任務，幾乎要被她拋到腦後了。

晚餐後，大家坐在客廳邊吃水果邊聊天，忽然電視新聞播出了傅采茜的緋聞。

「哇，全臺最受歡迎的女主持人也談戀愛啦！」張品庭挑眉，新聞露出的偷拍畫面指證歷歷，傅采茜和某位知名製片人多次被拍到進出同一間公寓，互動親密，儼然是一對熱戀中的情侶。

「這段緋聞也不是第一次被爆出來了。」趙恩洸隨口說，張品庭也點點頭，兩人都是一副毫不意外的模樣。

「什麼意思？傅采茜一直都有……男朋友？」荏苒難掩激動。

「怎麼？妳跟析宇一樣都喜歡傅采茜啊？」張品庭不知道荏苒和傅采茜的關係，只當她也是小迷妹。

「我怎麼從來沒聽說？」張析宇跟著問。

「先前這件事只在業界裡流傳。」趙恩洸聳聳肩，「傅采茜人很好，大家都沒往外傳，只是私下講講罷了。」

「那兩個人都是單身，不知道為什麼要隱瞞。新聞爆出來也好，這樣他們就可以光明正大在一起了。」張品庭也說。

這個消息對荏苒而言，無疑是巨大的衝擊，傅采茜口口聲聲說要完成任務、返回永平，可是她卻在這裡有了戀人，她真的能輕易割捨她在西元所擁有的一切嗎？她是不是已經徹底成了「傅采茜」，而不再是「羅貝斯」了？

此時，荏苒忽然想起自己離開永平那天，文姐曾對她說：

「荏苒，我希望妳能完成任務，但如果妳沒能做到，也沒有關係。」

事情應該如同她和傅采茜所猜想的那樣，文姐不可能沒有其他備案，所以文姐才會對她如此寬容，要是她沒辦法和不愛的西元人生下孩子，應該也沒關係，對吧？

思及此，荏苒迫不及待想要與傅采茜通電話，張析宇便讓她單獨進到他的房裡打電話。

電話才剛撥通，傅采茜便很快接起，但她沒有出聲。

「我看到新聞了。」荏苒深吸一口氣。

電話那端，只傳來傅采茜呼吸的聲音。

荏苒知道自己接下來要說的話，或許非常大逆不道，但她無法忽視內心真正的想法，「妳在這裡有成功的事業、有親密的戀人，我在這裡也有我重視的朋友，而在永平，我們除了自己什麼都沒有。文姐說過，就算我無法完成最終的任務也沒關係，那……」

「妳想說什麼？妳不管永平了，妳要留在西元？」傅采茜打斷她，話聲冰冷，像是批判。

「……我才過來不到一年，就對西元產生了深切的情感，妳待在這裡十幾年，還有了交往對象，妳眞能丟下一切，回到永平？」

「我和妳不一樣，我的情感沒那麼豐沛。」

「永平人情感淡漠，眞的是基因改良所致？還是其實只是環境使然？麻旦家族讓我們每個人從小在生命機構中誕生，成長過程中獨居一室，沒有家人，也不看重朋友，不習慣與誰有感情上的羈絆……或許眞正的問題並不在於基因，只在於不習慣與他人產生情感而已，只要身處像西元這樣的環境，我們心中沉睡的情感就會被喚醒。所以我認爲，妳一定也捨不得離開西元，捨不得放下傅采茜……」

「那妳要我說什麼？說好啊！妳放棄任務啊！不要管永平的死活了，就讓我們都留在西元嗎？」傅采茜言詞尖銳，「妳想過這會帶來什麼影響嗎？也許因爲我們留在不屬於自己的時代終老，最後將導致永平的毀滅！」

「但是文姐說，就算我在這裡做錯了什麼事，也不會影響永平的出現……」

「她說的是妳在完成任務的過程中做錯了什麼事，不會對永平造成影響，但妳長久在這裡待下去又是另當別論！荏苒，妳一定要完成妳的任務！我們不是弱小又自私的西元人，而是會爲全人類著想的永平人，這裡對我們來說，只是早已滅亡的時代，妳眷戀著這些早就在我們的生活中死去的人們做什麼？」

「他們都活生生地站在我面前，他們都還活著！」荏苒哭了出來，她以為有了戀人的傅采茜會明白她的想法，不料卻換得如此嚴厲的責備。

「他們都死了，當時間來到永平的時候，所有的西元人早就都死光了。」傅采茜冷冷道，並未因為荏苒的痛哭失聲而仁慈。

一雙溫暖的大手落在荏苒的肩上，張析宇站在半掩著的門外，旁聽了整段對話過程，見荏苒哭得傷心，他忍不住推門而入。

「妳先去洗把臉，我來跟她說。」

荏苒把手機交給張析宇，走出房間，來到洗手間，不想讓張家其他人看見自己哭紅的雙眼。

「傅采茜小姐，妳明明知道荏苒生病了……為何還要拿話刺激她，讓她這麼難受？」儘管張析宇沒聽到傅采茜說話的內容，但從荏苒的回話中，他覺得自己大概能猜到她在電話裡說了些什麼，無非是要荏苒認清現實。

「……你認為她所說的那些關於永平的事，真的只是她的幻想嗎？」

「那不是妳告訴我的嗎？」張析宇皺眉。

「如果我現在告訴你，那些都是眞的呢？」

傅采茜這番話讓張析宇一愣，這是什麼意思？

「如果說，關於永平、關於時光機、關於與擁有完美基因的西元男人生下孩子……如果荏苒口中的一切都是真的，」傅采茜嗓音冰冷，「我和荏苒確實來自未來，你相信嗎？」

「這怎麼可能……」張析宇囁嚅道。

半年多前，要是有人這麼跟張析宇說，他一定會覺得對方看了太多科幻小說，滿口胡言，可是自認識荏苒以來，他明白她有多麼天真善良，她不會說謊，不會耍心機，更重要的是，荏苒口中所描述的永平是那麼清晰歷歷，他的確好幾次都快要相信那確實是真實存在的未來。

「我能用我的社會地位發誓，我和荏苒來自未來。」傅采茜豁出去了，她知道即便張析宇將這個祕密洩漏出去，也不會有人相信。「荏苒來到這裡的目的，就是爲了找到一個擁有完美基因的男人，與對方生下孩子，然後我們就會返回永平。所以無論你再怎麼喜歡她，或是她再怎麼喜歡你，你們都不可能在一起，荏苒必須和李聿融生下孩子才行。」

「妳胡說！荏苒已經拒絕李聿融了！」張析宇握緊手機，內心茫然、不安、緊張、憤怒等情緒交織。

「就算她不愛他，也能跟他生孩子，那是她來到西元最重要的任務，而她一定會完成，否則文妲不會派她過來。」傅采茜深吸一口氣，「她很快就會完成任務。」

說完，她逕自結束通話。

張析宇呆站在原地一動也不動，他覺得自己聽到了最荒謬可笑的故事，卻又似乎帶著幾分不容置疑的眞實性。

「傅枀茜說了什麼？」荏苒開門走出浴室，鼻子還紅通通的。

「她說妳會完成任務。」張析宇將手機交還給她。

荏苒咬住下唇，接過手機，一聲不吭走向客廳。

她的反應讓張析宇心臟重重一跳，這太愚蠢、太令人不敢置信了……可爲什麼他心中卻開始產生了動搖？假設荏苒所言全部屬實，所以她從最一開始，就宣稱自己要與擁有完美基因的男人生孩子；所以她手上總是戴著那個奇怪的手環，甚至還會對著手環說話……況且，以自己對荏苒的了解，這麼一個單純的女孩怎麼可能撒下如此漫天大謊？傅枀茜又怎麼可能配合她？而拿這種謊言騙過自己又有什麼好處？

種種跡象顯示，荏苒說的都是眞的，再荒謬都是眞的。

「叔叔、阿姨，我要先回家了。」

仍在房內的張析宇，聽見荏苒在客廳向大家告別。

「荏苒臉色好像怪怪的？妳還好嗎？」細心的張品庭察覺到荏苒神情有異。

「有點過敏，剛剛連續打了好幾個噴嚏，眼睛都紅了。」配合謊言，荏苒故意用力揉揉眼睛，「我下星期六會過來做蛋糕的，謝謝你們，我先回家了。」

張析宇從房內踱步而出，沉默不語。

眾人看看張析宇，又看看荏苒，猜想大概是小兩口吵架了，張品庭用眼神示意張析宇送荏苒回去，張析宇拿起外套和鑰匙，跟著荏苒走出家門。

「今晚不回來也沒關係喔。」張品庭還有空開玩笑。

「白痴，我會回來啦。」張析宇沒好氣地回了句。

出了公寓，兩個人各懷心事地慢慢走向張析宇機車停放的位置。

荏苒想起文姮，想起自己肩負的責任，即便她深深愛著西元的一切，自己卻是永平人，是永平孕育了她，她眞的可以背叛永平嗎？

「荏苒，這件事我一定要問清楚。」張析宇倏地停下步伐，「妳說的關於永平的事都是眞的嗎？」

「你怎麼現在才問這個問題？我說的一直都是實話啊。」荏苒咬緊下唇。

「妳過來這裡的最大任務，就是找到擁有完美基因的男人，和他生下孩子，是這樣嗎？」

「嗯。」

「那個男人就是李聿融？」

「嗯。」荏苒抬眼，注意到張析宇表情古怪。「你不相信我？」

「不是……」張析宇搖頭，他也搞不清自己此刻心中的想法，「那我的基因呢？」

「不是說你的不行了嗎？」荏苒淒然地舉起左手，「手環告訴我的。」

「試一次給我看。」張析宇對自己說，如果能親眼目睹手環檢測基因的過程，那他便會相信一切。

荏苒輕觸手環上的面板，光芒亮起，銀針浮出，快速飛往張析宇的脖子扎了一下，隨即折返，沒入面板之中，而張析宇並未感覺到一絲疼痛。

荏苒再次舉起左手，將面板遞到他面前，上面清楚顯示出張析宇的基因分析報告，他的基因完善程度爲百分之八十二。

「妳試試看妳自己。」張析宇又說。

「永平人的基因完善程度都是百分之百，畢竟我們的基因經過改良……」

「反正妳試試看！」

在張析宇的堅持下，荏苒只得照辦，這一次，面板上顯示的基因完善程度爲百分之九十九。

「怎麼可能？」荏苒一愣，她的基因怎麼可能有缺陷？

「所以妳眞的要和李聿融生孩子？」

「文姮是這麼囑咐我的……」荏苒答得心不在焉，她很訝異自己的基因其實並不完美，難道就是因爲這樣，她的情感才會比其他永平人都要來得豐沛？

「即便妳不愛他？」張析宇語氣嚴肅。

「在永平，全體人類的未來凌駕於個人利益之上。」荏苒如實說。永平人從小就被教育，必須記取歷史教訓，以維持人類的永續生存爲重，她也曾堅信不已，只是此刻卻有些動搖了。

「……那爲什麼妳不早點完成這個任務？」張析宇的聲調隱含顫抖。

「因爲在那之前，我還有一個任務必須先完成。」荏苒不假思索答道，她先前就跟張析宇提過，她還得陪伴一個人重新站起來才行。

「荏苒，妳一定要完成任務嗎？」張析宇艱難地開口，雙眼定定地看著她，「我希望妳不要。」

「咦？」荏苒沒料到張析宇會這麼說。

「妳……那天在電梯裡閉上眼睛了，妳明白那是什麼意思嗎？」

荏苒的雙頰瞬間泛上一層鮮豔的緋色，她支支吾吾，「那、那是……」

「如果妳的心情跟我一樣，覺得我們……那請妳留在這裡，留在我身邊好嗎？」

張析宇的告白幾乎是帶著懇求，這時候的他已經相信荏苒確實來自遙遠的未來。

「我……我不能這麼自私。」荏苒握緊雙拳，用盡全身的力氣才把這句話說出口。

一開始文姐就將這個緊繫人類存亡的重責大任交給她，即便文姐眞有其他備案人選，但是還有誰比自己更合適、更有能力完成這項任務？無論是在外表還是情感的感受能力上，自己都是不二之選，所以文姮才會選中自己。

既然如此，她怎麼能在來到西元之後，就爲了個人的追求而動搖信念，罔顧永平人的未來？

相較之下，傅采茜即便有了戀人，也仍選擇回到永平，那麼她呢？

「自己才是最重要的，我們不是聖人，我們都該爲自己而活。」張析宇握住荏苒的肩膀，「人類的壽命是有限的，我們不該好好把握有限的生命，追求自己眞正想要的事物嗎？」

荏苒咬著指甲，不敢看張析宇的眼睛，「正是因爲西元人太看重個人利益，慾望強烈，才會導致西元滅亡。」

「妳說那個文姮要妳和不愛的人生下孩子，只爲了人類的永續生存，難道這不是一種專制嗎？」張析宇換了另一個角度想說服荏苒。

「你不能這麼批評麻旦家族的成員！沒有麻旦家族就沒有永平的出現，人類也不可能再次迎來文明！」荏苒一怒，掙脫張析宇的手。

「那些都是麻旦家族自己宣稱的吧？歷史是由贏家寫下的，難道你們從西元的歷史上學不到這一點嗎？」張析宇再次抓住她的肩膀。

荏苒捂住耳朵，「西元就是這樣才會滅亡……」

「對，西元是滅亡了，但西元滅亡之後，永平不是出現了嗎？妳也出現了啊，這樣的未來，有什麼不好？」張析宇大吼，「或許西元的滅亡就是爲了永平的誕生，那有什麼不好？妳說啊！」

「我……」

張析宇用力抱住荏苒，聲音轉低，帶著蠱惑，也帶著祈求，「所以和我在一起，有什麼不好？」

「我……」荏苒眼中蓄滿了淚，她緩緩抬起手，想要回應他的擁抱，卻在無意間瞥見不遠處的火光，「張析宇……那個……」

張析宇茫然地轉過頭，看著自家那棟老公寓被席捲在濃濃烈焰之中。

一陣尖叫的聲響驀地劃破寂靜的夜晚，巷弄裡湧現慌亂的人潮，在驚恐的叫喊與喧鬧聲裡，救護車和消防車刺耳的鳴笛聲漸漸由遠而近。

「不……不！我的家人都在裡面！」張析宇絕望地大喊，立刻拔腿往家的方向狂奔，荏苒也緊追在後。

她腦中亂成一片，心中瀰漫著恐懼與無助，她告訴自己，不要驚慌，沒事的，沒事的，一定沒事的。她才剛剛跟張家人道別，還約好下個星期六一起做蛋糕，他們一定會沒事的，他們一定能逃出來的……一定！

荏苒永遠記得，那一簇簇張牙舞爪的紅色火光是多麼可怖，像隻凶猛的野獸張嘴吞噬掉所有的生命和希望，只留下焦黑殘破的建築物以及毀滅的焦臭味。

她愣愣地站在張析宇身後，看著被消防人員攔下的他不斷試圖要往火裡鑽去，他悲聲哭號，說自己的家人都在裡面，請救救他的家人。

最後，張家只有他一個人活了下來。

包括前來張家作客的趙恩洸在內，張品庭、張至堯、李玉佳等人全數罹難，一夕之間，最重要的至親就此消失在張析宇往後的生命裡。

★

「接下來關注一則發生在上個月的火災命案，造成整棟樓四死十二傷的慘劇。根據警消人員表示，大多數的住戶在第一時間都逃了出來，唯獨位於五樓的張家三口和一名來到張家作客的男性沒能逃出，待消防人員抵達五樓救援時，竟發現張家大門門鎖被人惡意灌入強力膠，無法從裡面把門打開，造成逃生不及。當時張家的兒子正巧外出，沒帶手機，他的手機上有家人最後打來的未接電話……」

傅采茜在電視上播報張析宇家中的憾事，經調查指出，起火點就在張家門口堆放在樓梯間的紙箱、木材等雜物，加上張家門鎖遭人灌入強力膠，顯然這是一起蓄意謀殺案，然而大火燒去了一切的證據，公寓內部並未安裝監視器，巷內的監視器也沒有拍到可能的疑犯。

事發至今已經過了一個多月，張析宇沒再去過學校，李聿融等人只在葬禮上見過他一次，他形容憔悴，雙眼無神，整個人都脫了形，李聿融幾乎認不出他來。

家中付之一炬，張析宇無處可去，荏苒讓他暫時住在她家。

張析宇每天都窩在房裡不出來，荏苒索性也不去上課了，她自覺在這種時候，她更該好好陪在張析宇身邊。

然後，她意識到一件非常可怕的事。

第三個任務。

就在她意識到這件事的那天，她走進房裡叫張析宇出來吃飯，張析宇睜著一雙凹陷的眼睛死死盯著她，「我就是妳的第三個任務對吧？妳是不是早就知道會發生這樣的事？」

「不，我不知……」荏苒驚恐地想要解釋。

「妳來自未來！怎麼會不知道我的家人會死於火災？而且還是被蓄意謀殺！兇手到底是誰？爲什麼要殺他們？爲什麼？」陷入癲狂的張析宇隨手拿起房裡的擺設就往地上摔。

荏苒被他粗暴的舉動嚇到，忍不住哭了出來：「我、我眞的不知道會發生這樣的事，如果我知道，我絕對會拚盡全力阻止，怎麼可能會……」

「阻止？那妳不想完成任務了嗎？」張析宇冷笑，「妳現在陪著我，不就是為了要完成第三個任務，好快點去找李聿融生小孩，接著回到妳那該死的永平，維護那該死的人類永續嗎？」

張析宇抓起床頭櫃上的檯燈，猛力朝牆上一扔，「當妳最愛的人都死了的時候，妳還會管什麼人類全體的命運嗎？妳還會在乎那些嗎？」

他雙眼布滿血絲，衝過來抓住荏苒，將她摔在床上，並壓了上去，嘶啞的嗓音裡飽含劇烈的痛楚，「妳還在乎我嗎？」

荏苒顫抖著手，摸向張析宇淌滿淚痕的頰邊，「我只在乎你。」

「那妳別和李聿融生小孩了，妳和我生，妳做得到嗎？」張析宇眼中帶著濃烈的恨意，語氣充滿挑釁與嘲諷。

他必須要找個人當替罪羔羊，對著那個人發洩怒氣，否則他不知道要怪罪誰，更不知道要怎麼面對獨自存活下來的自己。

如果當初他沒有送荏苒回家，如果他也留在家裡，事情會不會不一樣？

張析宇滾燙的眼淚落在荏苒冰冷的頰上，像是一場永遠不會停歇的雨，那模樣令荏苒心碎，要她做什麼都行，只要能讓張析宇不再露出如此絕望的神情。

所以，她仰頭吻住了他。

她想陪伴著他，但不是為了完成任務。

即便完成了文姮交付的第三個任務，她也永遠不會離開他。

「我不回去了，從今以後，我都會在你身邊。」

在張析宇進入荏苒時，她輕聲低喃。

尾聲

文姮穿著一襲藍色長裙，銀色的長髮柔順地披散而下，綠色的眼珠沉穩安靜地注視著面前的女孩。

「妳就是莉芙。」

莉芙金黃色的眼睛不斷湧出淚水，這是她第一次感受到所謂的「傷痛」，即便並不強烈，也足以讓她哭泣。

「別哭，這是命運賜予給妳的使命。」文姮微微一笑，語氣和藹。

「文姮……我不知道自己……做不做得到……」莉芙全身的力氣彷彿被抽走，俯跪在地。

「妳可以做到的。」文姮眼神落向遠方，「荏苒和羅貝斯都做到了，我相信妳同樣能做到。」

沒給她太多自我懷疑的機會，文姮往旁一退，完整顯露出後方的時光機。

「難道不能派別人嗎？」莉芙還在猶豫。

「妳知道的，非妳不可。」

文姮美麗的綠色雙眸迸出一絲冰冷，身為永平至高無上的領導者，她向來理智果斷，做下的指令不容違抗。

莉芙只能擦掉眼淚，邁開顫抖的腳步，緩緩朝時光機走去。

未完待續

後記
現在就是未來

後記的標題好像一句廢話有沒有?哈哈哈。

咳，首先謝謝大家購買這本書，我們又在後記見面了。單本完結的小說後記就夠難寫了，分爲上下冊更是難寫，我想一定很多人還沒看完正文，或者才看到一半就跑來偷翻後記，嘿，對，就是說你!

這次《來自遙遠明日的妳》分爲上下兩冊，嘗試了所謂的「穿越」劇情，但是但是但是!這對我來說眞的是一大挑戰，寫作的過程中，許多背景設定和人物行爲出現矛盾，讓我頭大無比。

在此感謝我美麗的編輯馥蔓，細心地找出了許多問題點。

這本書毫無懸念地榮登「我寫過最難寫的小說」第一名之位。明明都想好故事內容，也知道該怎麼寫，但不知道爲什麼，下筆時就是無法像往常那樣行雲流水，每天一坐到電腦前就唉聲嘆氣，一度想著是不是自己年事已高，體力無法負荷，又因爲長期久坐，尾椎痛，手也痛，然後肚子上的泳圈還越來越大。

(尾媽表示:那只是因爲妳一直玩手機，加上吃飽就躺下來的緣故)

不過痛苦會過去，美麗會留下。當你們讀到這篇後記的時候，痛苦眞的過去了，而美麗的就是你們手上的這本書。

《來自遙遠明日的妳》這個書名是不是很美？帶著一些想像空間，我覺得女主角「荏苒」的名字也很美，這個名字我很早就定下了。在書裡，她總是以「時光荏苒」這句話做爲自我介紹詞，也是暗喻她來自遙遠未來的身分。

從小到大，我最想要的就是可以控制時間的機器，最好能讓時間暫停，然後我就可以去偷偷更改考卷上的答案，但又怕如果眞有這種機器，會變成只有我的時間在前進，而其他人的時間其實是暫停的，等到我和其他人的時間同步時，我就變老了。

而我現在最想要的換成了漫畫《七龍珠》裡的精神時光屋，屋中一年，只相當於外面世界一天，這樣我就能待在裡頭，沒有時間壓力地好好寫稿或睡覺了。神啊，請賜給我一間精神時光屋吧！

由此可見，江山易改本性難移，人是不會改變的，我一直都很不會妥善安排時間。時間呀，你還眞是個難搞的小玩意兒呀！（點額頭）

話題回到上冊的劇情，荏苒在完成三個任務後，勢必得做出最後的抉擇，是否要違背自己眞正的心意，與李聿融懷上一個能拯救永平的孩子？

在上冊的結尾，荏苒已經做出選擇，她決定放棄文姐交付她的最終任務，只專心看著眼前的張析宇，陪他渡過難關。

然而文妲眞的會就此放棄嗎？莉芙得到的任務是什麼？傅采茜雖有交往已久的戀人，卻要荏苒完成任務，還蓄意把事情的眞相告訴張析宇，她的目的是什麼？

這些疑問請容我在下冊做出解答啦！

我想應該有部分讀者是在簽書會當天購入這本書，很有可能在排隊結帳或等待簽書時就先偷翻後記，我在這邊謝謝你們的支持與鼓勵，注意天氣變化，不要感冒了唷。

很謝謝大家總是會在粉專和IG與我互動，更甚至會因爲我的臨時起意加入直播，或是與我玩遊戲，能有你們這群小蘑菇們，眞是我最大的榮幸呀。

剩下的，就等下冊出版後再來討論吧！

也歡迎你們跟我分享對於下冊劇情發展的猜想，那我們就下冊見吧！

Misa

國家圖書館出版品預行編目資料

來自遙遠明日的妳 / Misa著. -- 初版. -- 臺北市；
城邦原創出版 ： 家庭傳媒城邦分公司發行,
2020.02
面；公分. --

ISBN 978-986-98071-6-6（上冊；平裝）

863.57　　108022827

來自遙遠明日的妳（上）

作　　者／Misa
企畫選書／楊馥蔓
責任編輯／楊馥蔓

行銷業務／林政杰
總 編 輯／楊馥蔓
總 經 理／伍文翠
發 行 人／何飛鵬
法律顧問／元禾法律事務所　王子文律師
出　　版／城邦原創股份有限公司
台北市中山區民生東路二段 141 號 6 樓
電話：(02) 2509-5506　傳眞：(02) 2500-1933
E-mail：service@popo.tw
發　　行／英屬蓋曼群島商家庭傳媒股份有限公司城邦分公司
聯絡地址：台北市中山區民生東路二段 141 號 11 樓
書虫客服服務專線：(02) 25007718・(02) 25007719
24小時傳眞服務：(02) 25001990・(02) 25001991
服務時間：週一至週五09:30-12:00・13:30-17:00
郵撥帳號：19863813　戶名：書虫股份有限公司
讀者服務信箱 email：service@readingclub.com.tw
城邦讀書花園網址：www.cite.com.tw
香港發行所／城邦（香港）出版集團有限公司
地址：香港灣仔駱克道 193 號東超商業中心 1 樓
email：hkcite@biznetvigator.com
電話：(852)25086231　傳眞：(852) 25789337
馬新發行所／城邦（馬新）出版集團 Cité(M)Sdn. Bhd.
41, Jalan Radin Anum, Bandar Baru Sri Petaling,
57000 Kuala Lumpur, Malaysia.
電話：(603) 90563833　傳眞：(603) 90576622
email:services@cite.my

封面設計／Gincy
電腦排版／游淑萍
印　　刷／漾格科技股份有限公司
經 銷 商／聯合發行股份有限公司
電話：(02)2917-8022　傳眞：(02)2911-0053

■ 2020 年 2 月初版
■ 2023 年 1 月初版 4.8 刷
Printed in Taiwan

定價 / 270元

ISBN　978-986-98071-6-6

城邦讀書花園
www.cite.com.tw

本書如有缺頁、倒裝，請來信至service@popo.tw，會有專人協助換書事宜，謝謝！